講談社文庫

公家武者 信平《のぶひら》

消えた狐丸《きつねまる》

佐々木裕一

JN211846

講談社

目次

『公家武者 信平』の主な登場人物

◉鷹司松平信平《たかつかさまつだいらのぶひら》
家光《いえみつ》の正室・鷹司孝子《たかこ》（後の本理院《ほんりいん》）の弟。姉を頼り江戸にくだり武家となる。

◉松姫《まつひめ》
徳川頼宣《とくがわよりのぶ》の娘。将軍・家綱《いえつな》の命で信平に嫁ぎ、福千代を生む。

◉福千代《ふくちよ》

◉五味正三《ごみしょうぞう》
北町奉行所与力。ある事件を通じ信平と知り合い、身分を超えた友となる。

⦿**お初《はつ》**
老中・阿部《あべ》豊後守《ぶんごのかみ》忠秋《ただあき》の命により、信平に監視役として遣わされた「くのいち」。のちに信平の家来となる。

⦿**葉山《はやま》善衛門《ぜんえもん》**
家督を譲った後も家光に仕えていた旗本。家光の命により信平に仕える。

⦿**江島《えじま》佐吉《さきち》** 強い相手を求め「四谷の弁慶」なる辻斬りをしていたが、信平に敗れ家臣になる。

⦿**千下《せんげ》頼母《たのも》** 病弱な兄を思い、家に残る決意をした旗本次男。信平に魅せられ家臣に。

⦿**鈴蔵《りんぞう》** 馬の所有権をめぐり信平と出会い、家来となる。忍びの心得を持つ。

⦿**四代将軍・家綱** 本理院を姉のように慕い、永く信平を庇護する。

⦿**徳川頼宣** 当初松姫可愛さから輿入れに何かと条件をつけたが、今は信平のよき理解者に。

イラスト・Minoru

公家武者　信平《のぶひら》——消えた狐丸《きつねまる》

第一話　消えた狐丸《きつねまる》

序

激しい息づかいがする。

恐怖に満ち、苦しみから逃れようと必死の様子だ。

鷹司信平《たかつかさのぶひら》は、行灯《あんどん》の薄明かりの中で目をさますと、横に眠る愛《いと》しい妻に手を差し伸べた。額に玉の汗を浮かせて苦しむ松姫《まつひめ》を背後から抱き、手をにぎる。

強敵、神宮路翔《じんぐうじしょう》にさらわれ、命を落としかけた恐怖のせいで、松姫はこうして、悪夢にうなされる。

三年が過ぎた今では、松姫らしい笑顔を取り戻しているのだが、眠ると、あの日のことが無意識によみがえるのだ。

「案ずるな。麿《まろ》がそばにいる」

耳元でささやくと、松姫は落ち着きを取り戻した。手をにぎり返す細い肩は、まだ震えている。

信平がきつく抱きしめる腕にしがみつく松姫は、

「旦那様……」

安心した声を発すると共に一つ長い息をして、程なく、静かな寝息を立てはじめた。

神宮路との戦いが終わり、今日までの三年のあいだ、信平は、公儀から役目を命じられることもなく、また、市中で起きる事件に関わることなく過ごしている。

すべては、愛しい松姫のためだ。

これには、将軍・徳川家綱《とくがわいえつな》の気くばりもある。家綱は、松姫が神宮路にさらわれて殺されかけたことを知り、信平には当面、一切の役目を免除すると言い、屋敷《やしき》にとどまり、松姫のこころを癒《い》やしてやるようにと、気づかってくれた。

神宮路とその一味を倒したことは、江戸の町を戦火から救ったという意味、大きな功名だったといえよう。それゆえ、老中をはじめ公儀の者たちの中に、家綱の下知《げじ》に異を唱える者はいなかった。

以来信平は、呼び出しがあるまで登城をすることもなく赤坂の屋敷に引き籠もり、愛する人と過ごしていたのだ。

腕の中にいる松姫の髪の香りが、信平のこころを安らかにしてくれる。

信平はふと、江戸にくだった時のことを考えた。

目を閉じれば、初めて江戸市中を歩んだ日のことが思い出される。

十五歳の信平が江戸に来た慶安《けいあん》三年（一六五〇）のその日、空は快晴であった。

京橋のあたりは、日本橋へ向かって広小路《ひろこうじ》が続いている立地のため大店《おおだな》が軒を連ね、年中活気に満ちた場所である。

若い男女が流行を求めて集まり、己の着ているものや髪型などを人に見せ、あるいは見たりして、楽しんでいる。

目立つことだけを考えて芸者のように派手な振袖を着る娘がいれば、渋めの小袖を粋に着こなして、大人ぶる娘もいる。

それは男子も同じで、地味な着流しを粋とする者がいれば、芝居小屋の役者を真似《まね》た派手な着物を着て、顔に薄く白粉《おしろい》を塗り、眉墨まで引いて表情に色気を出す者もいた。

それゆえ、少々奇抜な姿《なり》をした者がここを通ったくらいでは、人々は見向きもしない。

　だが、広小路を北に歩む一人の若者の姿に、店先で働く者は仕事の手を休め、買い物客は足を止めて振り向き、まるで水面に小波《さざなみ》が伝わるように、広小路の北へ人々の眼差《まなざ》しが流れる。

「まあ、なんという美しさでしょう」

「ほんに」

　武家の女中らしき若い女子がつぶやき合い、うっとりとした目をして手をにぎり合っている。

　そんな様子に、役者のように派手な着物を着て得意顔となっていた男たちが、嫉妬の眼差しを向けて舌打ちをした。

「貧乏公家がなんでい」

　と、おもしろくなさそうだ。

　江戸の民に注目されながら、信平は、当時老中だった阿部豊後守忠秋《あべぶんごのかみただあき》の屋敷に入り、その後将軍家光《いえみつ》に拝謁し、深川にぼろ屋敷を与えられ、五十石の旗本になった。

　その後、互いの顔を知らぬうちに縁談が決まり、夫婦となっていた。

　それが、松姫だ。

松姫の父親は、徳川御三家の頼宣《よりのぶ》だ。当時頼宣は、覇気が強いことで知られていただけあり、家柄はよいが庶子であり、わずか五十石の旗本になった信平のことをなかなか認めようとしなかった。

娘を心配するあまり、信平が千石取りに出世するまで共に暮らさせないと言った時の、頼宣の厳しい顔を思い出す。

そのようなことで、信平と松姫は、互いの顔を知らずに夫婦になり、離れて暮らしていたのだが、たまたま出かけた町で、ひょんなことから知り合いになり、やがて、夫婦であることに気付く。

信平は、美しい姫が己の妻だと知った時の衝撃と喜びを、今でも覚えている。

あの日から、松姫と共に暮らすことを夢見て励み、数多《あまた》の悪人を退治した。

少しずつ加増をされていくうちに、江島佐吉《えじまさきち》が家来となり、上野国多胡郡《こうずけのくにたこごおり》に千四百石の領地を賜り、この赤坂の地に屋敷を得た。

長い道のりだったが、松姫と暮らすことができたのは、己一人の力ではない。

朝廷の回し者と警戒された信平を監視するために付けられた葉山善衛門《はやまぜんえもん》と、お初《はつ》の力添えがあってのことだ。

善衛門などは、二千石の旗本でありながら、家督を甥《おい》に譲り、今では信平の家になくてはならぬ存在になっている。

お初は阿部豊後守の家来で、忍びの者だが、善衛門と同じく、なくてはならぬ者だ。

他にも、深川時代に起きた、るべうす事件をきっかけに知り合い、今では無二の友になった五味正三《ごみしょうぞう》や、京への旅の途中で家来にした鈴蔵《りんぞう》など、頼れる者たちのおかげで、加増を重ねることができた。

千下頼母《せんげたのも》は、上総《かずさ》国の長柄《ながら》郡下之郷《しものごう》村に千石の領地を加増された際に起きた領地の乱がきっかけで家来になり、今ではすっかり頼もしくなり、善衛門と肩を並べるほどの存在になっている。

多胡郡の領地を任せている大海四郎右衛門《おおうみしろうえもん》や、下之郷村に暮らす宮本厳治《みやもとがんじ》。

みな、頼れる仲間であり、かけがえのない家族のようなものだ。

信平は、福千代《ふくちよ》という子宝にも恵まれ、幸せな日を送っていた。

その幸せを揺るがす者が現れたのは、三年前のことだ。先ほど述べた、神宮路翔である。

天下を揺るがす陰謀を阻止するべく、京で役目に励んでいた信平の裏をかいた神宮路は、吹上《ふきあげ》に暮らす姉・本理院《ほんりいん》の屋敷に押し入り、松姫をさらったのだ。

両国橋で神宮路を倒し、松姫を取り戻したあの夜のことは、昨日のことのように覚えている。

以来松姫は、悪夢に悩まされているのだ。

あのような思いは、二度とさせぬ。

ゆっくりと目を開けた信平は、松姫を抱き寄せた。愛する人の穏やかな寝息を聞いているうちにこころが落ち着きを取り戻し、ふたたび目を閉じて、深い眠りについた。

一

弥生《やよい》（陰暦三月）の晦日《みそか》の朝、松姫と共に食事をすませ、奥御殿の部屋にいた信平のもとに、竹島糸《たけしまいと》が来た。

糸は、松姫が幼い頃から付き人をしているだけあり、今では貫禄《かんろく》が増し、奥御殿を仕切っている人物だ。

庭を背にして廊下に正座した糸が、失礼します、と、声をかけ、六畳ほどの次の間に入り、明るい顔で言う。

「殿、江島殿が、月見台にお出まし願いたいとのことです」

「佐吉が？」

「はい。奥方様もご一緒にとのことです」

「さて。何用《なによう》かな」

「それは、見てのお楽しみでございます」

いたずらっぽい顔をする糸に、信平はうなずく。

「松、まいろうか」

「はい」

信平は先に立ち上がり、松姫に手を差し伸べる。

共に歩んで中奥御殿に渡り、廊下の角を曲がった刹那《せつな》、そこに広がる景色に、松姫が息を飲んだ。

「なんて美しい」

「まことに」

庭の池は、白、赤、桃、薄紫の牡丹《ぼたん》で埋め尽くされ、草木の緑と重なって、幻想的な景色となっていた。

一目で魅了された松姫は、目を潤ませている。

廊下に立ちすくむ信平と松姫のそばに歩み寄った佐吉が、片膝をついた。

「庭に咲く花を摘《つ》む時期になりましたので、趣向を思いつきました」

松姫が笑顔を向ける。

「よいものを見せてもらいました。このように美しい景色、初めてです」

「それはようございました。花も喜びましょう」

喜んでもらえて、佐吉は嬉《うれ》しそうだ。

そこへ、福千代を連れた葉山善衛門が、庭の片すみから現れた。佐吉を手伝っていたらしく、善衛門は花をのせた籠《かご》を持っている。

善衛門が信平に気付き、会釈をした。

「若、父上と母上がおられますぞ」

言われて気付いた福千代が、廊下の下へ駆け寄る。

「母上、気に入っていただけましたか」

松姫が笑顔でうなずく。

「はい。とっても」

「麿も手伝いました」

信平を真似て麿と自称する福千代の嬉しそうな様子に、松姫は、愛しげな眼差しを向けている。

「おいで」

廊下に座り、手を差し伸べた松姫は、そばに座る福千代の頭をなでてやりながら、大変だったでしょう、と言いながら、景色を楽しんでいる。

見守る善衛門が信平に顔を向けて、よかった、という目顔をしたので、信平はうなずいた。

佐吉が言う。

「殿、せっかくですので、酒宴を開きますか」

善衛門が即答した。

「おお、それは良い。殿、久々に、やりますか」

「ふむ。ではそういたそう」

「はは。お許しが出たぞ」

善衛門が佐吉に言うと、さっそく支度をすると言って張り切り、台所がある裏手に向かった。

台所では、お初と佐吉の妻国代《くによ》が、朝の仕事を終えた女中たちと共に茶を飲んでくつろいでいた。

おつうとおたせ、そしておきぬは、信平が神宮路の事件に関わっているあいだは実家に帰っていたのだが、三人とも声かけに応じて戻り、以前と変わらぬ様子で奉公している。

以前と変わったのは、国代の横にちょこんと座ってまんじゅうを食べている男児の存在だ。

二年前に授かった、佐吉の息子だ。

息子は、おつうたちから仙太郎《せんたろう》ちゃん、と呼ばれて人気者なのだが、なぜだか、りんとして厳しく接するお初のことが母の次に好きらしく、決まって国代とお初のあいだに座り、まんじゅうを食べては、お初を見上げて笑っている。

そんな息子を抱き上げた佐吉が、振り向く国代とお初にうなずき、みなに言う。

「殿からお許しが出ましたぞ」

下ばなしをしていたのか、おつうたち三人の女中が顔を見合わせて喜んだ。

お初が立ち上がった。

「では、腕によりをかけて料理を作りましょう」

みなが、はい、と応じて、酒宴の支度にかかった。

鼻がいいというか、なんというか、料理の香りがただよいはじめた頃に、五味正三が勝手口から顔をのぞかせた。

「お初殿、なんとも、食欲をそそる香りがしますな」

「…………」

おかめ顔は相変わらずしまりがなく、無視をして働くお初を見る目は、愛情に満ちている。

国代が気付いて会釈をしたので、五味も笑顔で会釈を返して訊《き》いた。

「忙しそうですが、これから酒宴でもするのですか？」

「ええ。奥方様に楽しんでいただこうと、主人が思いつきましたのよ。表に行って、池をご覧になってください」

「池？　ははん、神宮路の手の者に毒を流されて絶えていた鯉《こい》を、新たに求めて入れたのですな」

「いえ、そうではなくて……」

国代は、浮かぬ顔になった。

五味は失言に気付いて、慌てた。

「いらぬことを言いました。忘れてください」

お初が持っていた瓶をどすんと台に置き、五味を睨《にら》む。

「まったく、久々に来たと思えばいらぬことを」

五味は首を引っ込めた。

「すみません」

しょんぼりして、きびすを返した五味の背中に、お初が声をかける。

「なんの用なの」

五味は首をねじ曲げた。申しわけなさそうな表情をしている。

「いや、またにするよ」

逃げ腰に、苦笑いをして帰ろうとしたのだが、

「紫房の十手《じって》、案外似合っているわね」

と、お初に言われて、ぴたりと足を止めて振り向いた。今度は泣きそうな顔をしている。

「気付いてくれましたか」

「誰だって、見れば分かるでしょ。袴《はかま》だって着けているし」

「ああ、これ」

ねずみ色の袴を広げた五味が、照れくさそうに笑った。

「与力、ですか」

お初がぼそりと言うや、五味が歩み寄る。

その勢いに、お初は怪訝《けげん》な顔で上半身を反らせた。

「お初殿」

「な、何」

「一番に知らせたくて、こうして参った。信平殿が神宮路を倒して以来、江戸に潜んだ残党を根絶やしにするために励んでまいったことが認められて、このたび、北町奉行所の与力に引き立てられました。馬に乗ることも許され――」

「おめでとうございます」

言い終えぬうちに頭を下げて仕事に戻ろうとしたお初の無関心さに、五味は肩を落とした。気の毒そうに見ている国代や女中たちに気付いて、はずかしくなり、引きつった笑みを浮かべて会釈をすると、逃げるようにきびすを返した。いつの間にか後ろにいた佐吉にぶつかりそうになり、のけ反った。

「びっくりしたなぁ」

大きな手で肩をつかんだ佐吉が、お初から見えぬところに連れて行くと、声を潜めた。

「そう気を落とすな。お初殿のあの態度は、今にはじまったことではないだろう」

「それは分かっているが、今日は寂しい。出世を喜んでほしかった」

「出世したのか？」

「これだ」

五味は十手を抜いて見せた。

「お！　与力か」

「うん」

「殿がお喜びになる。先に殿に教えぬから、お初殿はつっけんどんにされたのではないか」

「どうして」

「知らん。そう思っただけだ」

佐吉は、とにかく殿に報せろと言って、表に連れて行った。

二

「と、いうわけで、このたび、与力に出世した。これも、信平殿のおかげだ」

五味の出世を、信平は喜んだ。

「そなたのことは、鈴蔵から聞いていた。江戸に潜伏していた彼の者の一味を捕らえるのは、難儀なことであったはず。報われてよかった」

「うむ」

五味は大仰にうなずいて見せたあと、上半身を乗り出して声を潜めた。

「与力と言うてもな、薄禄《はくろく》で、同心に毛が生えたようなものだ。おれの役目は、なんだと思う」

「はて、見当もつかぬ」

「その顔は、どうでもいい感じだな」

「いや、町奉行所内の役向きが分からぬだけじゃ。与力といえども、いろいろな仕事があるのだろう？」

「そうだとも、そうだとも」

「そなたは、何をするのだ」

「することはない」

信平は、目をしばたたかせた。

「ない……、となー？」

「さよう。おれは、これと決まった役目がない。与力に上がったものの、することがないのだ。気楽なもんだ」

五味はそう言って笑った。

信平は、五味の呑気《のんき》そうな様子に安心した。神宮路の残党を追っている時は、五味らしからぬ、常に険しい顔をしていたからだ。

悪夢に苦しむ松姫のために、二度と危ない目に遭わせぬと決めた信平は、狐丸《きつねまる》を封印し、残党を捕らえようとほん走していた五味の手助けをしなかった。

五味は、そんな信平に助けを求めることはなかったが、相当な苦労をしたはずだ。ゆえに、友の呑気な顔を見るとこころが安らぎ、出世も嬉しい。

「これまでとは違い、穏やかな日々が過ごせるではないか」

信平が言うと、五味が明るい顔でうなずく。

「神宮路のことで、ずいぶん血なまぐさい目に遭った。お奉行には、たまに同心を手伝い、気楽にやれと言われている」

「さようか」

「うむ。だが、ひますぎるのも困りもので、退屈でかなわん。今日は、適当に用を作って奉行所を出かけ、そのまま来たのだ。帰ってもすることがないので、新しく拝領した役宅に帰って、掃除でもしようかと思っている」

「奉公人はおらぬのか」

「与力たるもの、何人か雇って体裁を整えなければならんのだが、面倒でな。お叱りがあるまで、しばらく独りでいようと思う」

「さようか。では、ゆるりとしてくれ。これから、池の花を肴《さかな》に酒を飲む。そなたの祝い酒といたそう」

五味は、近くに松姫がいないことを確かめるように廊下に目を向けてから、信平に向いた。

「池のことで、先ほど失言をした。お初殿と国代殿を怒らせたかもしれぬ」

「失言？」

「神宮路の手下に鯉を殺されたことがあっただろう。そのことを、つい言ってしまったのだ」

信平は、外に眼差しを向けた。

「神宮路の名は、松には聞かせないでやってくれ」

「すまない。気をつける」

「池も、佐吉が一度埋めて、形を変えて造り替えてある。昨年の秋だったか、福千代が池の水面に映る満月を見て、ウサギの池と呼ぶようになり、松も気に入っているのだ。つい先日、佐吉が兎見池《とみいけ》と名付けたばかりだ」

「そうだったのか。せっかくの風情を台無しにする言葉だった。いやぁ、おれは気づかいがないから駄目だ。猛省するよ。せっかくの酒をまずくしてはいかんので、今日のところは帰る」

五味が立ち上がったので、信平は止めた。

「そう言わずに、飲んでいけ。福千代も喜ぶ」

「いや、遠りょして——」

五味は急に鼻をひくつかせて、匂いを嗅いだ。

「なんとも、香ばしい匂いだな」

「鈴蔵が山鳥を捕ってきたのを、焼いているのだろう。松を喜ばせようと、みな気づかってくれている。そなたの出世を知れば、松も喜ぶ。祝い酒を飲もう」

「そこまで言ってくれるなら、分かった」

座りなおした五味は、嬉しそうに笑った。

五味を交えた酒宴はにぎやかにはじまり、信平の思ったとおり、松姫は、五味の出世を喜んだ。

お初は五味に冷たくしながらも、酒宴も終わりに近づいた時には熱い味噌汁《みそしる》を出してやり、それを見た松姫が、信平に楽しげな顔を向けて、目配せをした。

屋敷に暮らす者がすべて集まり、にぎやかで楽しい宴《うたげ》が続く中、松姫と福千代を連れて月見台に出た信平は、幸せを嚙《か》みしめた。

福千代を膝に抱き、松姫の手をにぎった信平は、松明《たいまつ》に照らされた池に眼差しを向けた。

「五味が申していたが、江戸の町は穏やかな日が続いているらしい。何も、案ずることはない」

松姫は、優しい顔でうなずいた。

「今日は、楽しゅうございます。いつもより、よく眠れそうです」

「それはよいことだ」

「ここ数日は、嫌な夢も見ておりませぬ」

「ふむ」

五味の馬鹿笑いが聞こえてきたので、松姫はくすりと笑った。

「今頃、お初殿に馬鹿笑いをするなと言われていますよ」

松姫が言ったそばから、五味の笑い声がぴたりとやんだ。

「ほら」

「まことに」

笑う信平の膝から立ち上がった福千代が、月見台の欄干《らんかん》に駆け寄って身を乗り出したので、松姫が慌てて着物をつかんだ。

「これ、落ちますよ」

「母上、これではウサギが見えません。いつまで花を浮かべておくのでしょうか」

「さあ、いつまででしょうね。でも母は、この池の景色が好きですよ。とても美しく思います」

「佐吉が、花も喜ぶと申していました」

「母もそう思います。こんなに美しい花、見たことがないもの」

福千代が嬉しそうな顔をした。

「いつまでもこのままにしておけないか、佐吉に訊いてみます」

そう言って広間に戻る福千代の姿を、松姫は愛おしそうに見ている。

信平の眼差しに気付いた松姫が顔を向け、訊く顔をした。

「明日の朔日《ついたち》は、久々に登城をすることになった。酒宴がはじまる少し前に、上様の使者が参られたのだ」

「何か、変わったことでしょうか」

「案ずるな。たまの様子うかがいであろう」

「旦那様が登城の義務を免除されて、三年が過ぎました。そろそろ、お役目を命じられるのではございませぬか」

「ふむ。城下も平穏な日が続いておるゆえ、月に二度の登城を果たすよう、お命じになられるやもしれぬ」

松姫はかしこまり、両手をついた。

「旦那様は御旗本。登城は当然のことなれど、わたくしのために、今日まで屋敷にいてくだされたこと、申しわけなく思うています」

「何を申す。上様がお気づかいをくだされたのだ。明日の登城も、先ほど申したように様子うかがいだけかもしれぬ。いらぬ心配をさせた」

「いいえ。わたくしはもう大丈夫でございます。肩身の狭いことは、どうかもう、おやめください」

「松……」

信平は手を取り、松姫の顔を上げさせた。

「麿は、肩身が狭いなどと思うたことはない。屋敷から出なかったのは、そうしたかったからだ。そなたと福千代と過ごしたこの三年は、穏やかで、こころ休まる日々だった。このまま平穏な日が続くことを望んでいるのだ」

松姫は笑顔でうなずいたが、信平が夜空に眼差しを向ける横顔を見つめる表情には、どこか不安そうな色が浮いていた。

三

朔日は城揃《そろ》えということもあり、江戸城は総登城した幕臣でにぎわっている。

善衛門と頼母を従えて、夏らしい空色の狩衣《かりぎぬ》と白い指貫《さしぬき》姿で登城した信平は、控えの間で裃《かみしも》に着替えた後に大広間でのあいさつをすませた。

他の幕臣と同じく、一旦は控えの間に戻り、そこで声がかかるのを待っていた。

迎えの小姓が現れたのは、幕臣たちが下城をはじめ、にぎやかだった本丸御殿が嘘《うそ》のように静まった時だった。

善衛門が苛立《いらだ》つほど待たされ、日は西に傾きはじめている。

一人で来るよう小姓に言われて、信平はみなを残して案内に従った。通されたのは、本丸中奥御殿の御座の間だ。二十畳もない下段の間には、老中たちの姿もなく、信平は一人で下段の間に入り、家綱を待った。

程なく現れた家綱は、太刀持ちも従えず一人で部屋に入り、頭を下げる信平の前に自ら歩み寄り、膝を突き合わせた。

「新年のあいさつ以来であるな」

「ご無沙汰をしております」

「うむ。面《おもて》を上げよ」

「はは」

信平が顔を上げると、家綱は笑みでうなずく。

「松姫の具合はどうだ」

「おかげさまをもちまして、今は悪夢にうなされることも少なくなり、日々明るく過ごしておりまする」

「それは祝着。そなたが神宮路を倒してくれたおかげで、江戸は戦火に包まれずにすんだ。松姫が悪夢を見なくなるまで、そばにいてやれ」

家綱の顔が、どことなく憂いを帯びている気がした。

心配になり、訊こうとした信平の気持ちを察したらしく、家綱は発言を制すように立ち上がってきびすを返し、上座に居住まいを正すと、身を乗り出した。

「先ほど小耳に挟んだのだが、頼宣殿が江戸に戻ってくるそうだな」

「舅《しゅうと》殿が……」

「聞いておらぬのか」

「はい。いつ参られるのですか」

「近々としか聞いておらぬ。昨年隠居して国許《くにもと》の紀伊《きい》へ帰ったばかりというに、忙しいお方だ。田舎暮らしに飽きたのであろう」

　そう言って笑う家綱は、一つ息を吐いて、心配そうな顔をした。

「松姫が悪夢に悩まされていることを、頼宣殿は知っているのか」

「はい」

「頼宣殿の娘想《おも》いは筋金入りだ。娘を心配して江戸に出てくるのであれば、藩邸に引き取るなどと言いかねぬ。そうは思わぬか」

「舅殿ならば、考えられます」

「そう言われた時、そなたはいかがする」

「決して、手放しませぬ」

　家綱は、よう言うた、という目顔でうなずいた。

「また顔を見せてくれ。余が声をかけるまでは、ゆるりと過ごせ」

「おそれいりまする」

家綱は立ち上がり、部屋から出て行った。

信平は、これまでと変わらぬ暮らしができると思い安心した。松姫は気丈に振る舞っているが、この三年のあいだ、信平が一度も狐丸を帯びて出かけていないことで、こころが落ち着いているはずなのだ。

控えの間に下がった信平は、どうだったか問う善衛門に、笑顔で言う。

「これまでと変わらぬ暮らしを続けよとのことだ」

善衛門が相好《そうごう》を崩す。

「それは祝着。奥方様が喜ばれましょう。のう、頼母」

「はい。殿が屋敷におられることは、領地運営のこともございますので、よいことにございます」

「まことに、まことに。殿、お着替えを」

「ふむ」

狩衣に着替えた信平は、本丸御殿からくだり、大手門前で待っていた鈴蔵が手綱を曳《ひ》く馬に乗って、赤坂の屋敷に帰った。

表門から入ったところで馬を降り、玄関に向かうと、帰宅を知った松姫が迎えに出てきた。

時刻は暮れ六つ（日暮れ時）に近く、玄関は薄暗い。

「遅くなった」

狐丸を帯びていない信平は、刀ではなく、菓子の箱を渡した。

「善衛門が旨《うま》いと教えてくれた落雁《らくがん》だ」

松姫は恐縮しながらも、喜びが顔に出ている。

そんな妻を見て嬉しくなった信平は、これまでと変わらぬ暮らしができることを教えて式台に上がり、福千代がいる奥御殿へ向かった。

松姫が何か言おうとしたが、善衛門が話しかけたので、信平は気付かず善衛門としゃべりながら廊下を進んだ。

すると、表のほうから福千代の元気な声が聞こえてきたので、信平は、背後を歩んでいる松姫に顔を向けた。

「この時刻に剣術の稽古をしているのか」

松姫は、申しわけなさそうな笑いを浮かべた。

「実は、父上が……」

「参られたか」

「はい」

善衛門が驚いた。

「先ほど城で殿からうかがいましたが、まだ先のことかと思うておりました」

また、福千代の元気な声がして、相手をする佐吉の大きな声が廊下に響く。

松姫が信平に言う。

「参られてすぐに、剣術の上達ぶりを見たいと申されて……」

「さようか。あいさつをいたそう」

表の廊下に出ると、かがり火が焚《た》かれた庭で福千代が木刀をにぎり、佐吉と向き合っている。

「若、先ほどの調子ですぞ。いざ！」

「やあ！」

福千代が打ち込む姿に、頼宣は目を細めている。

「舅殿」

声をかけて片膝をつく信平に、頼宣は顔を向けてうなずく。

「息災のようじゃな」

「はい。舅殿も、お元気そうで」

「そうでもなかったが、福千代の顔を見ると生き返ったようじゃ」

「それは、ようございました」

柔和な顔をしていた頼宣が、厳しい顔つきとなる。

「ちと、二人で話をしたい」

「はは。こちらへ」

信平は先に立ち、頼宣を書院の間に案内した。

後に続いて立ち上がった頼宣が、座ったまま見送る善衛門に顔を向けて言う。

「福千代はよい子に育っておるの。守役、ご苦労であるぞ」

「ははあ」

応じて頭を下げた善衛門は、頼宣が書院の間に消えると、松姫に小声で言う。

「ご隠居様は、お身体の具合が悪いのですか」

松姫は困惑した。

「どうしてです？」

「いや、それがしを褒《ほ》めることなど、これまでにはなかったことゆえ。心配です」

松姫はくすくす笑った。

「正直なお言葉だと思います。父のおっしゃるとおり、善衛門殿のおかげで、福千代はよい子に育ちました」

「これは、何よりのお言葉」

洟《はな》をすりあげた善衛門は庭に駆け下り、佐吉と代わった。

「若、次は爺《じい》が相手ですぞ。遠りょのうかかってきなされ」

木刀を構える善衛門の顔を、福千代はまじまじと見ている。

「爺、泣いておるのか」

「泣いてなどおりませぬ。目にゴミが入ったのでござるよ」

「そうか」

福千代はあっさり納得して、木刀をにぎり直すと、元気な声を発して振るった。

書院の間で頼宣と膝を突き合わせている信平は、稽古の声を聞きながら、訊かれたことにどう答えるか、しばし考えていた。

頼宣は座るなり、しばらく見ぬうちに福千代が大きくなったと言い、元服はいつかと訊いてきたのだ。

答える前に、頼宣が口を開いた。

「まだ決めておらぬようだな」

「はい」

「わしは、決して早いとは思わぬぞ。こう申しては気分を悪くするかもしれぬが、あえて聞かせる。そなたは、またいつ、神宮路一味のような強敵の成敗に駆り出されるか分からぬ。万が一命を落とした時、跡取りが元服しておれば、日を空けずに御家を継ぐことができる。これは、御家のためでもあるのだ」

「わたしもそう思うてはいるのですが、松が、まだ先にしてほしいと願います」

「何ゆえじゃ」

「まだ早いと、思っているようです」

「さようか。ならば、仕方あるまい」

頼宣は、憂えた表情をした。

「して、どうなのじゃ。松はまだ、悪夢にうなされておるのか」

「はい。ずいぶん減りはしましたが」

「そうか。殺されかけたのだから、無理もない。そなたは、今日が久々の登城と聞いたが。まだ、外出をひかえておるのか」

「…………」

信平は、無言でうなずいた。

頼宣は、ため息交じりに言う。

「まあ、それもよかろう。これまでが、公儀にいいように使われすぎたのじゃ」

「………」

「わしは、気に入らぬことがある。そなたが神宮路とその一味を倒したことは、ほとんど世に聞こえていない。それればかりか、神宮路の一味が天下を奪おうとしたことすら、幻のごとくじゃ。これは、老中どもが事を隠蔽《いんぺい》し、諸大名にいらぬ考えを起こさせぬようにしておるのだ。婿殿、そなた、あれだけの働きをして、加増がなかったそうじゃな」

「はい」

「なんの報いもないとは、許せぬ。腹が立たぬのか」

信平は、穏やかな顔でうなずいた。

「その代わりに、こうして屋敷にとどまり、松と福千代と穏やかな日々を送ることができております。上様のご配慮を、賜っているのです」

「配慮だと。わしには、いいように使われたとしか思えぬ。よいか、婿殿。松と福千代を想うなら、これからは、安く使われるな。公儀が加増してくれぬなら、わしが福千代を大名にしてやる。福千代がこの家を継いだあかつきには、一万石を分け与えるよう、息子に遺言しておく。公儀にも文句は言わせぬ」

熱く語る頼宣の声が聞こえたのだろう、廊下に松姫が来て、口を挟んだ。

「父上、福千代は鷹司家の跡取りです。兄上の世話になっては、鷹司家は生涯、紀伊徳川家に頭があがりませぬ」

「それでよいではないか。光貞《みつさだ》は福千代の伯父じゃ。仲ようすればよい」

「いいえ、なりませぬ。今はよくとも、五十年、百年先では、父上の御威光も薄れましょうから、一万石を当家に譲ったことを、よく思わぬ者が出てまいりましょう。両家が先で仲たがいせぬようにするためにも、領地を分けていただくというのは、固くお断りします」

　頼宣は、目を見張った顔を信平に向けた。

「これは驚いた。先の先まで、目を向けておるぞ」

「舅殿の血を引いておりますゆえに」

「いや、まいった。わしは孫可愛《かわい》さに申したことだが、松の申すとおりじゃ。両家のあいだに、目に見えぬ深い溝を掘ってしまうところであった。まこと、浅はかな考えじゃ。もうろくしたとしか思えぬ。歳《とし》は取りとうないものじゃ」

　信平は首を横に振る。

「さようなことはございませぬ。福千代と、鷹司松平《まつだいら》家を想うてくださり、感謝申し上げます。意に添えますよう、一層の精進をしてまいります」

頼宣が顔を突き出し、したり顔をする。

「それは、大名を目指すと、取ってよいのだな」

信平は、頼宣の目を見て言う。

「神仏の御加護がございますれば」

「ある。そなたはこれまで、民のために尽くしてきたのだ。御加護は必ずある。これからも、信じて励め」

「はは」

頼宣は満足げな顔でうなずき、足を崩してくつろいだ。

「話は変わるが、隠居の田舎暮らしは退屈でかなわぬゆえ、わしはしばらくのあいだ、隣の屋敷に暮らすことにした」

松姫のことが心配なのだと察した信平は、松姫と笑みを交わし、頼宣に顔を向けた。

「福千代も喜びましょう」

「うむ。そこでな、そなたに預けていた中井《なかい》春房《はるふさ》を戻してくれぬか。隠居の身ゆえ、人手が足らんのだ」

「かしこまりました」

「くれぐれも、松と福千代のことを頼む」

頼宣がしおらしく頭を下げたので、信平は驚きつつ、頭を下げる。

「承知いたしました」

立ち上がった頼宣は、薄い笑みを浮かべてうなずく。

「では、また来る」

信平は、松姫と共に夕餉《ゆうげ》に誘った。だが頼宣は、長旅で疲れているので今日は帰ると言い、もう一度福千代の顔を見て、隣の屋敷に帰った。

この夜、信平の部屋に来た善衛門は、松姫がいないのを見計らい、

「ご隠居様は、明日から毎日来られますぞ」

と、面倒そうに言った。

福千代の守役である善衛門は、教育に関して、何かと口うるさくされるのではないかと心配しているのだ。

「仲よう頼む」

善衛門は口をむにむにとやり、いささか不満そうだったが、信平は、他に言葉が見つからなかった。

「殿がそうおっしゃるなら、仲ようするよう努めますが、うまくやれる自信がござら

ぬ」

「そこを曲げて、頼む」

「殿、頭を上げてくだされ。分かりました、仲ようします。短気を起こしませぬので、どうか」

信平が頭を上げると、善衛門はこまったような顔をしていた。

翌朝、善衛門は頼宣を待ち構えている様子だったのだが、この日、頼宣は姿を見せなかった。

この日だけでなく、翌日も、次の日も来なかったので、善衛門は首をかしげ、

「殿、妙ですぞ。何かあったのではござらぬか。それがしが様子を見て参りましょうか」

などと心配し、庭の垣根から隣をうかがった。

それを見た佐吉が、お二人は案外仲がよいかもしれぬと言い、みなを笑わせた。

だが、四日が過ぎても、頼宣は来なかった。

頼宣の側に仕えることとなった中井から、頼宣が病に臥《が》したことを知らされたのは、五日目の朝のことだ。

「松姫様には、くれぐれも内密に」

頼宣がそう望んでいると釘《くぎ》を刺した中井が、信平に耳打ちした。

それによると、頼宣は、屋敷に入った夜から嘔吐《おうと》と下痢を繰り返し、高い熱が出ているらしい。

紀伊徳川家の奥医師、渋川昆陽《しぶかわこんよう》は、よくある夏風邪だが、歳が歳だけに、油断すると命を取られると脅し、漢方薬を置いて帰ったという。

共に話を聞いていた善衛門が、安心した息を吐きながら、呆《あき》れ気味に言う。

「中井殿が内密にと言うので、大病かと肝を冷やしたではないか。大袈裟《おおげさ》な」

すると中井が、苦笑いをした。

「ご隠居様は、若い頃から薬いらずの丈夫な身体が自慢でございましたので、身体よりも、気持ちの落ち込みが激しいのでございますよ。昆陽先生に年寄り扱いをされたのがこたえたようで、姫様に心配をさせてはならぬと、それればかりおっしゃられております」

信平は心配して訊く。

「して、熱は」

「薬が効いている時はよいのですが、切れると高い熱が出ます。たちの悪い風邪なのでしょうが、気の持たれようもあるのではないかと」

「松のことで、気疲れがおありなのだろう。申しわけなく思う」

善衛門が即座に否定した。

「殿が気にされることはござらぬ。年寄りの長旅のせいですぞ。しばらく養生すれば、けろりとして顔を見せられましょう。のう、中井殿」

善衛門に目配せをされて、中井は慌てて話を合わせた。

「さよう。ご案じなさいますな。久々の江戸で、何かと忙しくされている。そういうことに、しておいてください。そのことを、お伝えに上がりました。では、それがしはこれにて」

頭を下げ、そそくさと帰る中井を目で追っていると、入れ替わりに頼母が廊下に現れ、片膝を突く。

「殿、阿部豊後守様がおみえになられました」

突然のことに、信平は驚いた。

阿部はすでに、老中を退任している。報《しら》せもなく訪れるのは、よほどのことなのだろうか。

「火急のことか。何かおっしゃっていたか」

「いえ、顔を見に来られただけだそうです。殿はお会いになられると思い、勝手ながら、書院の間にお通ししております」

「ふむ」

信平は善衛門を中奥御殿に残して、表御殿に渡った。

頼母が書院の間の廊下に片膝を突く。

信平が下座から入ると、上座にいた阿部が、よう、と、気楽な声を発し、相好を崩した。

会釈をした信平は、阿部の前に座し、改めて頭を下げた。

「長らくご無沙汰をしております」

「二年、いや、おおかた三年になるか」

「はい」

「そちは変わらぬな。使いもよこさず訪ねてすまぬ」

「いえ。何か、ございましたか」

「案ずるな。知ってのとおり、わしはもう、幕政に関わっておらぬ。先だっての朔日に城で見かけたので声をかけようとしたのだが、機を逃してしもうたゆえ、こうして足を運んだ。近々国許の忍城《おし》に戻るので、今日は、別れを言いに来た。酒に付き合ってくれぬか」

頼母が口添えをした。

「お土産に、酒樽《さかだる》と鯛《たい》をちょうだいしておりまする」

「かたじけのうございます」

すぐに支度を調えるよう言うと、頼母は応じて下がった。

それを見計らうように、阿部が厳しい顔となり、身を乗り出す。

「近頃江戸市中で、剣客を狙う辻《つじ》斬りが現れることは耳に入っておるか」

唐突に言われて、信平は困惑した。

「いえ」

「そうか、やはり知らぬか」

ため息交じりの阿部に、信平は訊く。

「その者は、手強《てごわ》いのですか」

「探索に当たっている先手組が、難儀をしているようだ。とはいうものの、わしも老中を辞した身じゃ。とんと詳しいことが耳に入らなくなったゆえ、おぼろげな噂《うわさ》しか知らぬ」

「…………」

「案ずるな、今日は、そのことで来たのではない。今のは世間話だ。今のそちには、ちと無粋であったな」

「…………」

探索の命でなく、信平は胸をなでおろした。

その気持ちを察してか、阿部が訊く。

「神宮路を倒して以来、刀を抜いておらぬそうだな」

「はい」

「宝刀が、錆《さ》びてはおらぬか」

「…………」

阿部が、探る眼差しを向けた。

「狐丸は、刀作りに悩む刀匠の前に白狐《びやっこ》の化身が現れ、手助けをしたという伝説がある宝刀であろう」

「そのように、聞いております」

「詳しく教えてくれぬか」

信平は、亡き父・鷹司信房《のぶふさ》のことを思い出した。

庶子である信平は、鷹司家の屋敷には入れなかったのだが、三代将軍家光の正室となっていた姉の孝子《たかこ》を頼って江戸にくだる時、武者になるならこれを持て、と、餞別《せんべつ》にくれたのが狐丸だ。父亡き今は、だいじな形見である。

信平は、狐丸のことを告げた。

「父上から聞いた話によれば、その昔、平安時代に、京の三条に住んでいた宗近《むねちか》と申す刀鍛冶《かじ》が、朝廷より新刀を作るよう命じられたのですが、よいものができずに悩み、氏神《うじがみ》に祈願したそうです。その夜、稲荷《いなり》明神と名乗る一人の小僧が現れて鍛冶の相槌《あいづち》を打ち、朝廷に献上できる宝刀を作ったとされています。言い伝えでは、白狐様が小僧に化けて作ったので小狐丸《こぎつねまる》と命名され、朝廷に献上されたとありますが、刀は二口《ふたふり》できていたのです。朝廷に献上された小狐丸にくらべ美しさが劣るもう一口は、実戦向けの太刀であり、狐丸と命名され、初めは九条家に納められました。その後、九条家が朝廷から小狐丸を授かることになり、狐丸は九条家より鷹司家に伝えられたといわれています」

阿部は、感心したようにうなずいた。

「その手の話は、嫌いではない。狐が相槌を打ったゆえ、銘打たれたか。まことこの世には、不思議なことがあるものよ。その狐丸で、そなたは数多の悪を退治した」

信平はうなずいた。

「今こうしていられるのは、神がかりとしか思えませぬ」

「民を思い、正義をつらぬいたそなただからこそ成し得たことじゃが、まさに、太刀に稲荷明神が宿っているのやもしれぬ。たまには抜いてやらぬと、去ってしまうぞ」

「手入れだけは、怠っておりませぬ」

「腕のほうは、錆びついたか」

信平は唇に笑みを浮かべたまま、何も言わない。

「まあよい。冥途の土産に、宝刀を拝ませてくれぬか」

「かしこまりました」

書院の間を出た信平は、中奥御殿の自室に戻り、刀掛けに置いていた狐丸を持って戻った。

居住まいを正して受け取った阿部は、懐紙を口に挟み、鶯色《うぐいすいろ》の鞘《さや》に納められた宝刀を抜く。

鏡のように磨かれた地金とは対照的に、刃紋が霞《かす》んでいる。身幅が広く、重ねも厚く、まさに実戦向きの太刀だ。それでいて、美しい。

阿部は、数多の悪を退治してきた狐丸を、眩《まぶ》しそうに見つめている。

そこへ、お初が現れた。

抜刀された狐丸を見て、驚いた顔をしている。

気付いた阿部が静かに納刀して、口から懐紙を取った。

「まさに、宝刀じゃ。見事としか言いようがない」

返された狐丸を右に置いた信平は、褒めてくれた阿部に頭を下げる。

それをしおに、お初は部屋に入り、酒肴《しゅこう》をのせた膳を阿部の前に置いた。

信平の前には、おきぬが置いて下がった。

お初が銚子《ちょうし》を取り、阿部に酒を注ぐ。

盃《さかずき》を口に運び、ちびりと飲んだ阿部が、実は、と、話を切り出した。

「今日来たのは、このお初のこともあるのだ」

信平に酌をしていたお初が、意外そうな顔をした。

阿部が言う。

「お初」

「はい」

「わしは国許へ帰る。今さらだが、信平殿は、神宮路を成敗したことで公儀の信頼を揺るがぬものにした。もやは、監視をする必要はないということだ」

お初が居住まいを正し、阿部に言う。

「もはや、信平殿を監視するお役目は解かれているものと、思うておりました」

阿部は笑った。

「確かにそのとおりじゃ。今だから申すが、信平殿が公家の出ゆえ、朝廷の回し者、と疑う声は、根強くあった。信頼を得た今、そなたはお役御免というわけだ」

「はい」

お初は冷静に返事をした。

阿部は、信平に眼差しを向けた。

「老中を辞したわしに、お初のような者は宝の持ち腐れだ。よって、お初の家禄《かろく》を召し上げるゆえ、信平殿、あとを頼む」

お初が目を見張った。

「阿部様の申し出、喜んでお受けいたしまする」

信平はそう言って、穏やかな眼差しをお初に向ける。

「お初、麿の家中に加わってくれるか」

お初は膝を転じて、冷静な表情を変えることなく、信平に頭を下げた。

阿部が、安心した息を吐く。

「お初、長らくご苦労だった。これは、わしの気持ちだ」

阿部は、一通の書状を渡した。

反物を十反ほど与えるという目録だ。

「いただけませぬ」

「遠りょするな。この先思う時に、藩御用達《ごようたし》の呉服屋へゆくがよい。嫁ぐ時にでも、役立ててくれ」

お初は涙を見せまいとして立ち上がり、背を向けた。酒を持ってくると言った声は、震えていた。

阿部は、お初の後ろ姿を一瞥《いちべつ》し、信平に言う。

「気が変わらぬうちに、帰るといたそう。今日は、楽しかった。次に江戸に来た時は、また会おう」

「はは」

立ち上がった阿部が、見送ろうとする信平を止めた。

「ここでよい。外出をする時は、くれぐれも辻斬りに気をつけてくれ。決して、油断せぬようにな」

「心得ました」

阿部はうなずき、また会おうと言って帰って行った。

四

翌日、遊びに来た五味が、お初が信平の家来になったことを知って大喜びしたのは言うまでもない。

喜ぶだけならよいのだが、そこで終わらぬのが五味。

「御老中、いや、阿部様の家来でなくなり、それがしがもっとも敬愛する友の家来となられたということは、前にも増してお初殿と近づけた気がしますな。そうでしょ、お初殿」

台所から来たお初にそう言い、足下ににじり寄る五味を、お初は鋭い眼差しで見くだす。

「寄るな」

「はい」

さっと離れて正座する五味の膳に、お初は油揚げと豆腐の味噌汁を入れたお椀《わん》を置いた。

五味は嬉しそうな顔をして、熱々の湯気が上がるお椀を持ち、ふうふうと息を吹きかけると、口をすぼめてすする。

「旨い！」

大声で言い、具を食べる五味を横目に台所に下がるお初の顔が、こころなしかほころんでいるように見えるのは、気のせいだろうか。

お初の気持ちが分からず、信平は首をかしげる。善衛門に顔を向けると、善衛門は薄笑いを返して、五味に顔を向けた。

「おい、五味」

「はいはい」

味噌汁に夢中で生返事をする五味に、善衛門が訊く。

「おぬしたちはどうなっておるのだ」

「たち、と申される相手は誰のことです？」

「決まっておろう。お初じゃよ」

五味は箸を止めてお椀を置き、長い息を吐いて肩を落とした。恨めしそうな顔を善衛門に向ける。

「それを聞いてくださるな。今のを見たでしょうに」

「しかし、あれはいつものことではないか。寄るなと叱ったのも、熱い汁がかかってはいけぬと思う、お初の優しさであろう」

「あ、なるほど」

「おぬしも与力になり、お初は正式に、殿に仕えることになったのだ。本気で夫婦になりたいなら、殿に頼んでみよ」

するとと五味が、ぱっと明るい顔を信平に向けた。

「そうか。そういうことか。信平殿はお初殿のあるじになったのだから、親も同然。ということは、信平殿が一言、お初、五味の女房になれ、と、言うてくれれば、うまくいく」

「ふむ？」

思わぬことに、信平は驚いた。

「麿が、仲をとりもつのか」

「そうだ。そうしてくれぬか、このとおり」

五味は頭を下げるために、膳を横にずらそうとしたのだが、いつの間にか戻っていたお初が膳を押さえて止めた。

「お初――」

信平は、夫婦にならぬか、と、言おうとしたのだが、お初が先に口を開く。

「わたしは、誰にも嫁ぎませぬ。誰にも」

「誰にも……」

ぼそりと五味が言う。お初が嫁がないのは自分だけではないと理解したらしく、寂しいのか、嬉しいのか分からぬ複雑な表情をしている。

善衛門がお初に訊く。

「よい年頃なのに、何ゆえ嫁にいくことを拒むのだ。五味がそんなに嫌いか」

「…………」

お初は黙っている。

「分かる気がするな」

佐吉が助け舟を出したので、五味が恨みの眼差しを向ける。

「それはないぜ、佐吉」

佐吉が豪快に笑い、笑いながらあやまった。

五味が不機嫌に言う。

「聞いていなかったのか？　お初殿は、誰にも、と言われたのだぞ。つまり、世の中の男とは、夫婦にならぬということだ。うん？　待てよ。男とは夫婦にならぬということは、まさか、おなご好き……」

何を想像したのか、五味は自分の胸を両手で押さえた。

「馬鹿もほどほどになさい！」

呆れて台所に行くお初を見ている五味に、信平が声をかける。

「お初は忍びゆえ、誰にも嫁がぬと申したのであろう。今は難しいかもしれぬが、豊後守様の御家中ではなくなったのは確かなことじゃ。時が経《た》てば、気持ちが変わるやもしれぬと思うて、待ってはどうじゃ」

五味は神妙な顔をして、長い息を吐いた。

「いつまで待てばいいのだろうな。そもそもお初殿は、嫁ぐ気がまったくないのかもしれん。近頃、そう思えてならんのだ。このままでは、まずいことになるのだが」

善衛門が、いぶかしげな顔を向ける。

「さては、誰かに縁談をすすめられておるな」

ちらりと目を上げた五味が、苦笑いをした。

善衛門が追及する。

「図星か。相手は」

五味は首をねじ曲げて、背後にお初がいないのを確かめ、善衛門に身を乗り出す。

「相手はともかく、すすめる人が問題でして」

「誰からすすめられておるのだ」

「お奉行ですよ。与力たるもの、身を固めずしてどうする。と、顔を見れば言われます」

善衛門は、難しい顔で腕組みをした。

「奉行に言われては、さすがに断れまい。お初は、このことを知っておるのか」

「言えるはずもございませんよ。好きにしろ、と言われるのは目に見えています」

「そうとも限らぬぞ。今は、おぬしの目がまっすぐお初に向いておるゆえ、安心しておるのやもしれぬ。他の女と所帯を持つかもしれぬと知れば、焦りが生じて、目を向ける。かもな」

「かもなって、無責任な。確信を持って言うてくださいよ」

「わしはお初ではないゆえ、分かるはずもなかろう。言うてみなければ分からぬと、教えてやっておるのだ」

五味は、無理無理無理、と言って、かぶりを振った。

「恐ろしくてできませんよ」

善衛門は、いくじのない奴《やつ》だ、と、呆れ顔だ。

「このままでは、奉行がすすめる相手を娶《めと》ることになろうぞ。殿もそう思われるでしよう」

「うむ？　うぅむ」

信平は、下手なことを言えぬと思い、返答に困った。

五味がため息交じりに言う。

「お奉行が忙しくなるようなことが起きぬかと、今ふと思ってしまった」

善衛門が口をむにむにとやる。

「事件が起きればよいと思うたのか」

「与力のくせに、いけませんな」

「あたりまえじゃ。言霊というのを知らんのか。ましなこと言え、ましなことを」

五味は恐縮した。

「なるようになると思うて、悪いことは考えまい。お奉行には、はっきりお断りしよう」

信平はうなずいた。

「想い人がいることを正直に打ち明ければ、島田《しまだ》殿は分かってくださろう」

「信平殿の御家中だと、言うてもよいか」

「かまわぬ」

「よし、ではこれから奉行所に行き、お断りしてくる」

そう言って立ち上がろうとした五味を、信平が引きとめる。

「一つ、訊きたいのだが」

「うむ？　なんだ」

「阿部豊後守様から聞いたのだが、市中に辻斬りが出ているのか」

「ああ、そのことか」

五味は座りなおした。

「どこまで聞いているのだ？」

「その者は剣客ばかりを狙い、先手組が難儀しているらしいな」

「うむ」

五味は、険しい顔をした。

「襲われて命を落とした者は一人もおらんのだが、狙われるのが大名家の指南役や、免許皆伝の腕前を持つ旗本や御家人ばかりなので、探索は御先手組がしている」

信平がうなずく。

「麿に気を使い、黙っていたのか」

「そうではない。武家のことだから、町奉行所には詳しいことが伝わってこないからだ。まさか、阿部様に探索を命じられたのか？」

「いや。気になったので、訊いたまでじゃ」

「それならば、気にするな。奥方のために狐丸を置いたのだ。辻斬りの一人や二人、先手組に任せておけ」

「ふむ」

信平はふと、人の気配を察して廊下に眼差しを向けた。

兎見池のほとりにたたずんでいた白鷺《しらさぎ》が、飛び立っていく。

気付いた善衛門が、信平の視線に合わせて廊下に出ると、左右を見て振り向く。

「殿、いかがされた」

「人がいた気がしたのじゃ」

「誰もおりませぬぞ」

「さようか」

座りなおした善衛門が、五味に言う。

「辻斬りのことは、神宮路の件以来の物騒なことじゃな」

「平穏な日が続いておりましたのに、困ったものですよ」

うなずいた善衛門が、険しい顔で腕組みをした。

「このたびの辻斬りのことは、神宮路の手下のひょうたん剣士を思い出す。まことに恐ろしい男だったが、辻斬りをしているのは、それに勝る者ではあるまいな」

五味は首をかしげた。

「傷つけるだけで息の根を止めないところなどはよう似ておりますが、どうなのでしょう。お奉行はご存じなのでしょうが、先手組に任せておけとおっしゃって、詳しいことを話そうとされぬ」

「関わるなというのは、先手組に気を使ってのことであろうが、ひょっとすると、町奉行所の手に負える相手ではないゆえ、そなたらの身を案じてのことかもしれぬぞ」

「今のお奉行なら、それも考えられますな。お優しいお人ですので」

五味はちらりと信平を見て、首の後ろをなでた。

「いかん。このような話をするべきではない。もしや、気になってきたか」

信平は唇に薄い笑みを浮かべて、首を横に振る。

三年前に、二度と松姫を危ない目に遭わせないと決めた信平は、出しゃばったことをするつもりはなかった。

この時は、先手組の働きに、期待していたのだ。

五

中奥御殿から奥御殿に渡る廊下で立ち止まった竹島糸は、掃き清められた裏庭に向かい、浮かぬ顔をしている。先ほど耳にしたことを松姫に伝えるか、迷っているのだ。

程なく歩みをすすめて、松姫の部屋の前で声をかけると、中に入った。

福千代と菓子を食べていた松姫は、そんな糸の様子に気付かぬはずもなく、訊く顔を向けた。

「糸、いかがしたのです」

ためらったものの、不安を一人で抱え込むことができない糸は、松姫の前に座り、居住まいを正した。

「先ほど、中奥御殿の廊下を歩んでいた際、気になることが耳に入ってきたのです」

「気になること……。確か、五味殿が来られていましたね」

「はい」

「お初とのことですか」

「それならば喜ばしいのですが……」

松姫が不安そうな顔をしたので、糸は気持ちを変えた。

「いえ、今のはお忘れください。わたしの聞き違いでしょうから」

立ち去ろうとした糸を、松姫が止める。

「糸、隠しごとはなりませぬ」

顔を向けた糸に、松姫は、ここにお座りなさいと言い、膝の前を指し示した。

はい、と応じて座り、声を潜める。

「信平様と五味殿が、辻斬りが出るというお話をされておられました」

菓子を菓子台に戻す母の浮かぬ顔を、福千代は黙って見ている。

「五味殿が、旦那様を頼られたのですか」

「いいえ、信平様のほうからお訊《たず》ねになられたのではないかと」

「……そう」

糸が不安そうな顔をした。

「まさかとは思いますが、信平様はふたたび、狐丸を手にされるおつもりなのでは」

「糸」

「はい」

「困っている人を放っておけぬのが、旦那様ではないですか。わたくしは、旦那様の足手まといになるつもりはありませぬ」

「奥方様……」

「福千代が見ています。この話はやめましょう」

「……はい」

うつむく糸と、先ほどまでとは顔つきが違っている母を交互に見ていた福千代は、手に持っている菓子に視線を下げ、考えごとをはじめた。

黙り込む我が子を案じた松姫が、声をかける。

「福千代、お食べ」

顔を上げた福千代は、母の優しい笑みに応じて笑みを浮かべ、菓子を口に運んだ。

甘い菓子を食べながら、福千代は時折、母の顔を見ている。

糸と菓子の話をはじめた松姫は、いつもの穏やかな顔に戻っているのだが、福千代は、母のことを気にしているようだ。

松姫が顔を向けると、にんまりと笑いかけた。

子供のけなげさに触れた松姫は、抱き寄せて、笑みで語りかける。

奥御殿の一室には、ゆるやかで、あたたかい時が流れていた。

その翌日、昼寝の途中で目覚めた福千代は、次の間で居眠りをしている糸を起こさないよう、そろりと廊下へ出ると、奥御殿から中奥御殿へ渡った。

居間には誰もおらず、表御殿の書院の間から、祖父・頼宣の大きな声がする。

風邪がうつると言って遠ざけられたのは、昼寝をする前のことだ。

浴衣姿の福千代は、にぎやかな表御殿を横目に中奥御殿の廊下を歩み、信平の部屋へ入った。

いつも信平が座っている敷物《しきもの》の奥には、鶯色の狐丸が置かれている。

福千代は歩みをすすめて狐丸のところに行き、じっと見つめた。そのうち、何かに誘われるように、歩み寄った。


書院の間で頼宣の相手をしていた信平のもとへ善衛門が来たのは、空の青さが薄らいだ時刻だ。

そろそろいとまを、と言っていた頼宣が驚くほど、善衛門は首をかしげ、難しい顔をしている。

「守役殿、何をそのように難しい顔をしておるのだ」

頼宣に訊かれて、善衛門は顔を向け、すぐに、信平の身の回りを探る眼差しを向ける。

信平もつられて、自分の周囲に視線を配り、善衛門に顔を向けた。

「いかがした」

「先ほど殿のお部屋の前を通りかかりましたところ、刀掛けに狐丸がございませぬので、珍しく手にされたのかと思いましてな」

「いや、部屋に置いているが」

「妙ですな。ありませんぞ」

信平の脳裏に、阿部豊後守の言葉が浮かんだ。

信平は、ふと、笑みを浮かべた。

「殿？　何がおかしいのです？」

「狐ゆえ、遊びに出たのであろう。いずれ、戻ってこよう」

信平の言葉に、頼宣と善衛門は顔を見合わせた。

頼宣が、信平の横に座っている松姫に訊く。

「婿殿は、熱があるのか」

松姫も言動に驚いたらしく、額に手を伸ばしてきたので、信平は笑った。

「熱はない」

すると、善衛門が言う。

「吞気にされている場合ですか。盗《ぬす》っ人《と》が入ったのかもしれませんぞ」

「ふむ」

「狐丸はお父上の形見。それがしが探して参ります」

「屋敷は塀の守りも高めている。外から容易に入れぬ」

「では、家中の者の仕業ですな」

「騒ぐな、善衛門。狐ゆえと申したであろう。いずれ戻る」

信平の落ち着きように、頼宣は何かを察したようだ。善衛門に顔を向けた。

「婿殿には心当たりがあるようじゃな。さて、わしは帰るといたそう。また、福千代の顔を見に来る」

次は夕餉を共に、と言って、信平は頭を下げた。

ふたたび狐丸をにぎることはないだろうと思っている信平は、消えたことに焦りはしなかった。

見送りをすませた信平に、松姫が言う。

「狐丸はだいじなお形見。探さなくてもよろしいのですか」

「先日阿部様に、狐丸のことをお話しした時、おもしろいことをおっしゃられた。狐丸を抜いてやらぬと、去ってしまうとな。狐丸に宿る狐の魂がしたことならば、縁が薄れたのだ。今の麿には、必要のないものゆえ」

信平は笑みを浮かべ、中奥御殿の自室に戻った。

狐丸が消えた部屋は、冷たい感じがするのは気のせいだろうか。

刀掛けに歩みを進めた信平は、そこに落ちていたものに気付いて、指でつまんで見た。見覚えのある組紐《くみひも》に、ふっと、笑みを浮かべ、狩衣の袂《たもと》に入れた。

六

この日、江戸市中では、また事件が起きようとしていた。

四谷《よつや》御門内、麹町《こうじまち》の念流《ねんりゅう》道場から稽古を終えて出てきたのは、北町奉行所で定町廻《まわ》り同心をしている、黒瀬源四郎《くろせげんしろう》だ。

麹町が受け持ちの源四郎は、三丁目にある一膳めし屋で空腹を満たして家路についた。

桜田堀のさいかち河岸をくだりながら、源四郎は、堀の対岸にある吹上を見ていた。城の石垣が西日に照らされ、どこまでも続くかのように見える漆喰《しっくい》壁の上には、濃い緑の樹木が茂り、その緑の上から、櫓門《やぐらもん》の瓦屋根がのぞいている。

源四郎にとって城は、雲の上に存在するもので、中がどうなっているのかは、想像すらできない。

さいかち河岸の右手には、近江彦根《おうみひこね》藩の長屋塀が続き、遠くに辻番所が見えるだけで、人気がまったくない。

大勢の人が行き交う町とはまったく違う静けさが広がるこの道を、源四郎は気に入っていた。

水草が浮かぶ堀を見つつ歩んでいた源四郎は、ふと気配を感じて、前を見た。

黒い人影が、ゆるりとした足取りでこちらに来ている。

どこぞの大名家の家中だろうと思い、気にもとめなかった源四郎は、邪魔にならぬよう左に寄り、堀と城を眺めつつ歩みを進めた。

近づいた時、一瞥した。

相手は編み笠《がさ》を着けているので、顎しか見えない。着ているものは真新しく身綺麗《みぎれい》で、どうやら、身分がある武家のようだ。

単衣《ひとえ》に墨染羽織《はおり》の自分とは、格が違う。

そう思った源四郎は、すれ違う時立ち止まり、軽く頭を下げた。

相手は見えているはずだが、なんの仕草もなく、すれ違う。

「ま、そんなところか」

源四郎は独りごちて、家路についた。

「待て」

唐突に声をかけられたので、源四郎は足を止めて振り向いた。

声をかけてきた侍は、すでにこちらに向かって立っていたのだが、身体から染み出る気迫に、源四郎は思わず、一歩引く。

その姿を見て、侍が言う。

「ほぉう、少しはできるようだな。剣をどこで身につけた」

「聞いていかがされる」

「不浄役人《ふじょうやくにん》にしては骨がありそうだと思うて、訊いたまでだ」

侍は左足を引きながら、刀の鯉口《こいぐち》を切った。

源四郎は、首から背中にかけて寒気が走った。殺気を感じたのだ。同時に、剣客ばかりを狙う辻斬りのことが頭に浮かぶ。

「貴様、噂の辻斬りか」

「…………」

もはや返事はない。

捕らえて手柄にしてやろうと源四郎が思ったのは、彼が念流捕縛術の達人だったからだ。

十手を右手ににぎり、構えをとる。一歩、また一歩、油断なく相手に近づき、攻撃を誘った。

吊《つ》られた相手が、抜刀術をもって斬りかかる。

源四郎は、胴を狙って一閃《いっせん》された一撃を十手で受け止めるや前に出て、身体をぶつけて相手の肩をつかんだ。

だが、相手は動きを見切って身体を横に転じたので、肩から手が離れた。

肩すかしをくらってたたらをふむ源四郎の背後に、打ち下ろされた刃がせまる。

咄嗟《とっさ》に前に出てかわしたので、羽織を切られただけで命拾いをした。

相手が上だ。

そう思った源四郎は、十手を捨てて、抜刀した。

油断なく対峙《たいじ》し、呼吸を整えて正眼に構える。

相手も正眼で応じ、切っ先が交差するほどの間合いに近づく。

迫る気迫に焦り、先に動いたのは源四郎だ。

「えい！」

裂帛《れっぱく》の気合と共に刀を振るい、打ちかかった。

飛びすさって袈裟懸《けさが》けの一撃をかわした侍が、空振りをした源四郎の隙を突き、猛然と前に出る。

そうはさせじと、源四郎は刀で受けようとしたのだが、相手の動きが勝った。

鋭い突きの攻撃で、源四郎の腹に切っ先が刺さった。

「うっ」

苦痛に顔をゆがめながらも、源四郎は相手の着物をつかもうとしたのだが、手が届く前に刀を引き抜かれた。

勝負あったとばかりに、侍が背を向けている。

「待て、待てぇ」

苦渋の顔をした源四郎が、呻《うめ》きながら足を踏み出したが、一歩がやっとだ。膝を地につけ、激痛の腹を抱え込む。

その頭上で刀を鞘に納めた侍が、源四郎を見くだす。

「わたしを倒せるのは、若狭彦之介《わかさひこのすけ》しかいない。覚えておけ」

侍はそう言って、日暮れ時のさいかち河岸から立ち去った。

第二話　友情の剣

一

「どけ！　どいてくれ！」

五味正三は、おかめ顔をゆがめて町中を走り、麴町の自身番に急いだ。

元同輩の黒瀬源四郎が辻斬りに襲われたという報せが奉行所に届けられ、真っ先に飛び出していたのだ。

通りの人を追い越し、商家から出てきた客とぶつかりそうになりながら走り抜け、自身番の戸を開けて飛び込む。

「源四郎！　死ぬな！」

叫んだ五味は、起きようとする元同輩の様子を見て、急に足の力が抜けて尻もちをついた。

「よかった。だいじなさそうだな」

源四郎は苦笑いをした。

「すまん。横になって眠っていたあいだに、町役人が報せに出ていたのだ」

「腹を斬られたと聞いたぞ」

「うん。まあ、そうだ」

源四郎は腹が痛いのだろう。顔をしかめた。着物の前を開いた腹には、さらしの包帯が巻かれ、血がにじんでいる。

「無理をするな。横になれ」

源四郎がうなずき、ゆっくりと横になった。

五味は立ち上がり、上《あ》がり框《がまち》に腰をかけて源四郎に顔を向ける。

「傷は浅いのか」

「うん。医者が言うには、臓腑《ぞうふ》には達していないそうだ。初めから、殺す気はなかったのだろう」

「相手の顔を見たか」

源四郎は首を横に振る。

「恐ろしい相手だった。剣にはいささか自信があったのだが、鼻をへし折られた気分だ。あの野郎、自分を倒せるのは若狭彦之介しかいないなどと、ぬかしおった」

「何者だ、そいつは」

「おれが知るわけもない。襲った奴は、おれに流派を訊いてきた。噂の辻斬りだろうか」

「おぬしは奉行所きっての遣い手だからな。それを知っていて、狙ったに違いない」

「御用聞きを連れていなかったのが幸いだ。人数にものいわせて追い込めば、斬り殺されていたかもしれぬ」

「それほどに、手強いのか」

五味の言葉に、源四郎が悔しそうにした。

「強い。おそらく、おれの師匠よりも上手だ。先手組が難儀をしているのが分かる。お奉行はそれを知っていて、おれたちには関わりのないことだとおっしゃったのだな。手に負えぬと思われたのだ」

「だが、そうはいかなくなった。おぬしが襲われたからには、黙って見てはいられない」

源四郎が目を見開いた。

「お奉行に、探索を命じられたのか」

「同心が斬られたのだ。あたりまえだろう」

「よせ。束になっても敵《かな》わぬぞ。それほどに強い。必ず捕り方に死人が出る」

「神宮路の一味を残らず捕らえた時にくらべれば、辻斬りの一人や二人、どうってことない。そうだろう」

「あの時は、大将を喪《うしな》った浪人ばかりで、士気も低かった。だが、今度のは違う。剣には、何かこう、えもいわれぬ凄《すご》みがある。うまく言えぬが、とにかく危ない剣だ」

「つまり、何かを達成しようとしている、と言いたいのか」

「そう、それだ」

五味の脳裏に、神宮路やひょうたん剣士の影が浮かぶ。

「何かを成し遂げようとするための剣は、確かに厄介だ。しかし、このままにしてはおけぬ。与力として初のお役目だ。相手に不足はない。と、いうやつだな」

五味は笑い、捕まえてやるから役宅で大人しく寝ていろと言い、自身番をあとにした。

北町奉行所に戻った五味は、奉行の島田守政《もりまさ》に報告をした。

源四郎の命に別状はないと知り、島田はひとまず安心した様子だったが、表情は冴《さ》えない。

「先ほど城から戻ったのだが、源四郎のことが、すでに御老中の耳に入っていた。我らもこれより動かねばならぬが、先手組にも怪我人《けがにん》が大勢出ている。厄介な相手だぞ」

島田の言葉を受けて、筆頭与力の内田米五郎《うちだよねごろう》が進言した。

「先ほど五味が申した、若狭彦之介とは何者でしょうか。辻斬りの咎人《とがにん》が、己を倒せるのはその者しかおらぬと申すなら、捜し出して、その者の手を借りるのも一つの手かと存じます」

「咎人の仲間でなければ、それもよかろう」

「さっそく、調べさせます」

「そのお役目、それがしにお任せください」

五味が願い出た。

「若狭なる者が敵か味方か、この目で確かめます」

島田はうなずいた。

「よし、では貴様に任せる。内田は、黒瀬が襲われた周囲を探れ。辻番もあるゆえ、見た者がおるはずだ」

「かしこまりました」

奉行の部屋を出る内田と与力たちに続いた五味は、定町廻り同心の詰め所に行き、集まっていた同心たちの前に立った。

「みなさんに尋ねたい」

と、元同輩たちに気をつかった言い方で、若狭彦之介という名前を聞いたことがないか訊いた。

同心たちは難しい顔をして、記憶を手繰り寄せようとしていたが、首をかしげるばかりだ。

江戸市中に精通している同心から声があがらないということは、若狭彦之介が江戸にいないか、町方にはうかがい知ることのできぬ武家の者だということになる。

名のある剣客なら、誰か知っているだろうと高をくくっていた五味は、肩を落とした。奉行に探索を願い出たものの、難儀をしそうだと思ったのだ。

「残念だったな」

肩をたたいた内田米五郎が、そこをどけ、と言って同心たちの前に立ち、斬り合いを見た者を捜し出し、話を訊いてくるよう命じた。

筆頭与力たる内田の命に応じた同心たちが立ち上がり、詰め所から出て行く。

与力にはなったが、決まった配下がいない五味は、一人で捜すしかない。

奉行所を出て、信平の屋敷がある赤坂に足を向けたのだが、すぐに、立ち止まった。

「いかんいかん。狐丸を置いた信平殿を頼っては、お初殿に叱られる」

門前で思案した五味は、知り合いの剣術道場をかたっぱしから回ってみることにして、町へと歩みをすすめた。

まずは、源四郎が通っていた麴町の道場へ行き、八丁堀へ戻り、続いて浅草、神田と、日が暮れるまでに十軒もの町道場を回ったのだが、結局、若狭彦之介を知る者はいなかった。明日は、神田から牛込に上がり、新宿あたりまで足を延ばすと決めて、江戸橋を渡った。本材木町《ほんざいもくちょう》の通りを南に歩み、楓川《かえで》に架かる海賊《かいぞく》橋を渡った五味は、山王旅所《さんのうたびしょ》の門前を通り過ぎて、すぐ近くの役宅に帰った。

拝領した与力の役宅は、長らく空き家になっていただけに、門扉は油が切れて錆びていて、開け閉めする時に耳障りな音を立てる。

母屋は、与力の役宅だけに、一人で住むには広い。

誰もいない夜の屋敷は、静まり返っている。

「なんとも、味気ないいな」

瓦屋根を見上げてつぶやいた五味は、閉ざしたままの表玄関ではなく、裏に回った。

朝炊いた米の残りで湯漬けを食べようと思いつつ、勝手口に行った五味は、ただよってきた旨そうな香りに気付いて、鼻をひくつかせて匂いを嗅いだ。

どこかで魚を焼いているようだ。

虫が鳴った腹を押さえながら歩みを進めた五味は、台所の格子窓から明かりが漏れているのを見て足を止めた。

「なんだ?」

歩を速め、格子窓から中をのぞき見た。すると、歳の頃は四十ほどの女が、台所で忙しく働いているではないか。

七厘《しちりん》の網では魚が煙を上げている。旨そうな匂いは、そこからしていたのだ。

覚えのないことに首をかしげた五味は、咄嗟に、役宅を間違えたかと慌てて門の外へ出たのだが、自分の役宅に間違いはなく、ふたたび中へ入った。

そして、はっとしたのだ。

「まさか、お奉行がすすめられた縁談の相手」

いやいやいや、ありえぬ、と、五味は頭を振る。歳が違いすぎる。

お前には釣り合わぬおなごだが、と、言った奉行の顔が脳裏に浮かんだ五味は、愕《がく》然《ぜん》とした。

釣り合わないのは、同心上がりの自分より家柄が上の相手だと思っていたが、一回りも年上、ということだったのかもしれぬ。

まさか、なかなか返事をしないことに痺《しび》れを切らせた相手が、縁組をしないうちから娘を来させたのだろうか。

五味は焦った。どうやってお帰り願おうか思案をはじめてすぐに、お初の顔が頭に浮かんだ。つんとしている美しい姿に、自然と相好がゆるむ。

こころに決めた人がいるとはっきり言って、お帰り願おう。

こういうことは、初めが肝心。

五味は顔を平手でたたいて気を引き締め、戸口の前で咳《せき》ばらいをして声をかけた。

「あの、入ります」

今帰ったと言うのは、なんだか妙な気がしてそう言うと、足音が近づき、戸が開けられた。

「旦那様、お帰りなさいまし」

「いや、旦那では――」

五味の声に女が言葉をかぶせた。

「今日からお世話になります、富《とみ》と申します」

明るく楽しそうな笑顔に、五味は押された。

「お富さん」

「はい」

「あのな、お富――」

「お腹《なか》がすいておいででしょう。もうすぐ支度ができます。今日はいい魚が手に入りましたよ。その前に、お着替えを手伝いましょうね。どうぞ、お上がりください」

このままでは押し切られてしまうと焦った五味は、そこに座ってくれと言い、板の間に誘った。

不思議そうな顔をしたお富が、素直に応じて座るのを待ち、五味は言う。

「あのな、お富さん。おれは、こころに決めた人がいるのだ。だから、すまん。お前さんとは夫婦になれない」

「へ？」

頓狂な顔をしたお富が、すぐに、大笑いをした。

「旦那様、何馬鹿なことおっしゃっているんですか」

「ええ？」

「いやですよぉ、あたしをいくつだとお思いです」

「いや、しかし、お奉行が……。違うのか？」

「そうです。そのお奉行様に頼まれて来たんです。五味の奴が困っているだろうから、女房をもらうまで、面倒をみてやってくれと言われて」

まったく聞いていなかった五味は、狐にでも騙《だま》されているのかと疑った。

「本当に？」

「はい。あ、そうだ。あれをお渡ししなきゃ」

お待ちくださいと言ってお富が持ってきたのは、一通の手紙だ。裏には、奉行の名が記されていた。

開けて読むと、縁談の返事は後日改めて聞かせてもらう。それまでは、富の世話になれ。とある。

富は、奉行の家に仕える女中の縁者と記されていた。

嫁に行かず変わった女だが、働き者だとも。

五味が手紙を読み終えると、富が笑顔で頭を下げた。

「今日からお世話になります」

五味は慌てて居住まいを正す。

「こちらこそ、世話になります。先ほどは、無礼を言うた」

着替えを手伝ってもらい、夕餉の膳の前に座った五味は、まずは、熱い味噌汁に手をつけた。

一口すすり、不思議と、お初の味噌汁が食べたくなる。

与力を拝命した時、お初と暮らすことを思い描いていた五味は、自然とため息が出た。

「お口に合いませんか」

心配するお富の声に、五味は顔を上げて笑った。

「いや、旨い」

お富は笑顔で応じて、ご飯をよそった。

表で訪《おとな》う声がしたのは、その時だ。

お富が出ようとしたので五味が止め、表に行って戸を開けると、後輩同心の川村祥《かわむらしよう》吾《ご》が頭を下げた。

「おお、祥吾、今帰りか」

「いえ、思い出したことがあり参りました。昼間おっしゃっていた、若狭彦之介のことです」

「知っているのか」

「はい」

「上がれ。飯は？」

「まだです。食べに行こうとしていた時に思い出し、急いで来たもので」

「そうか。何か食べるか」

「先輩のお手をわずらわせますので、外に行きませんか」

「遠りょするな。今日から女中が来てくれたのだ。上がれ」

「はい」

共に板の間に行った五味は、お富におかずを半分に分けてくれと頼み、川村と膝を突き合わせた。

「若狭彦之介のことを聞かせてくれ」

「そのことです。牛込にある剣術道場のあるじではないかと。父親は、一刀流の達人と謳《うた》われた、若狭孫一《まごいち》です」

五味は手を打った。

「思い出した。あの、牛込の孫一か」

「そうです」

「懐かしいな。奉行所に来たのは、おれとお前が、まだ見習いだった頃だ。当時の奉行が孫一の腕を買い、夏のあいだだけ稽古をつけに来たな。奉行所の者は、誰一人歯が立たなかった」

「はい。その孫一の息子が、若狭彦之介です」

「そうか、あの若狭孫一の。なるほど、それならば、辻斬りが名を出すのも分かる気がする。息子に会ったことはないが、さぞかし強いのだろうな。道場も流行《はや》っているのだろう？」

するとし川村が、明日行ってみないかと誘ったので、五味は承諾して、共に夕餉を摂《と》った。

二

翌朝、お富がこしらえてくれた朝餉《あさげ》を食べた五味は、身の回りの世話をしてくれる者がいるありがたみを噛みしめた。

これがお初だったら、どんなに幸せか。と思いはしたが、はかない夢だと、ため息を吐く。

「旦那様、朝からため息を吐かれて、何か心配ごとですか」

お富に言われて、五味は苦笑いをした。ふと、嫁に行かない女ごころを知りたくなり、五味は箸を置いた。

「一つ教えてくれ。お富さんは、どうして嫁に行かないのだ？」

突然問われて、お富は驚いた様子だったが、すぐに笑顔になる。

「さあ、どうしてでしょうねぇ。それより、早くお支度を。川村様がお迎えに来られますよ」

長らく奉行の屋敷で奉公をしている者の縁者だけのことはあり、奉行所の者は、後輩や配下といえども待たせるなと厳しい。

尻をたたかれる思いで、急いで朝餉を食べて支度をすませた五味は、嫁入りの話はうまくはぐらかされた形で、迎えに来た川村と出かけた。

牛込に行く途中に川村が言う。

「昨夜あれから、気になったので牛込をかかりにしている同輩宅を訪ねて訊いたのですが、彦之介の代になってからは、稽古のあまりの厳しさに門弟が逃げ出し、今では廃業寸前だそうです」

五味はいぶかしい顔を向けた。

「その同輩とは、田代《たしろ》のことか」

「そうです」

田代のとぼけた色白の顔を思い出した五味が、不機嫌に言う。

「あいつ、昨日おれが訊いた時、知らん顔をしておったな」

「孫一のことは知っていても道場に立ち寄っていなかったので、わたしと同じで、息子のことはすっかり忘れていたそうです。わたしから名を聞いて、思い出したようです」

「牛込がかかりなら、共に来てもよさそうなものだが、よそごとか」

「誘ったのですが、若狭彦之介のことは五味さんの役目だからと言いまして」

「いかにもあいつらしいな。まあいい。道場が廃業寸前なら、好都合だな。手間賃を出すと言えば、手を貸してくれるかもしれん。まずは会ってみて、敵か味方かを見極めよう」

急ぐぞ、と言って、五味は歩を速めた。

袴姿が板につき、同心を連れて歩くさまは、立派な与力だ。

信平と共に神宮路一味に立ち向かい、修羅場を生き延びた自信が、身体から染み出ているのだろう。

道を行き交う町の者は、与力の五味に頭を下げ、武家の者が向ける眼差しも、同心の時とは違い、いささかではあるが、敬意の色が浮かんでいる。

そんな様子に、五味は鼻高々にはならぬものの、悪い気がしない。町の者には気軽に声をかけて、牛込に向かった。

牛込御門を出て神楽坂をのぼった五味は、善国寺の門前を通り、程なく右に曲がって細い路地をくだった。

若狭道場は、赤城《あかぎ》神社の東側に位置する場所にあった。

水戸《みと》藩附家老《はんつけがろう》の屋敷が近くにあるひっそりとした町の一角に、門を構えている。

五味は門前に立ち、屋根を見上げた。

「さすがは、孫一の道場だ。初めて来るが、立派な門構えだな」

「そうですね」

川村も見上げて感心している。

五味は川村に顔を向けた。

「しかし本当に、田代が言うように潰れそうなのか」

門の中からは、稽古の威勢がいい声がしていたので、川村は不思議そうな顔をした。

「田代の奴、どこかの道場と思い違いをしているのかもしれませんね」

「いい加減な奴だからな、あいつは」

「はい。それはそうと五味さん、道場が繁盛しているのなら、金では奉行所に力を貸してくれないかもしれませんね」

「まあ、辻斬りに名前を出されているのだから、いい気はしないだろう。悪い男でなければ、頼むだけ頼んでみよう」

「はい」

川村が先に立ち、訪いを入れた。

「誰かおらぬか。お上の御用だ！」

「はぁい、ただいま」

老僕が竹ぼうきを持ったまま出てきて、頭を下げた。

川村が言う。

「北町奉行所の者だ。若狭彦之介殿に話があるのだが、ご在宅か」

「はい。おられます」

「うむ。ならば、案内を頼む」

た。


「承知しました。どうぞ、こちらへ」

老僕は腰を曲げ気味に歩み、本宅の玄関に案内してくれた。

そこで待つこと程なく、門弟と名乗る若者が現れて案内を替わり、客間に通された。

茶菓が出され、しばし待たされた後に現れた男は、年の頃は三十前だろうか。色白で身体の線が細く、細面で目がやけに大きいので、一見すると、目力がすごいと思うのだが、五味が眼差しを向けると、気が弱そうな笑みを浮かべた。

「お待たせしました。わたしが、当道場のあるじ、若狭彦之介、です」

名を強調する言い方が気になったが、五味は名乗り、訪ねた理由を述べた。

「近頃辻斬りが出るのをご存じか」

「ええ、知っています。武家ばかりを狙うと聞いていますが、町方が来られるということは、そちらにも凶行が及びましたか」

「うむ。同心がやられた」

「お命は」

「幸い、だいじない」

「それにしても、お気の毒に」

彦之介は口ではそう言ったが、顔がほころんでいるように思えたので、五味は険しい顔をした。

「その辻斬りが、貴殿の名を出していることは、知っているか」

「はい。御先手組から何度もお調べを受けていますので」

それもそうだ。と、五味は思う。名指しされているのだから、御先手組が放っておくはずはない。

さらに訊く。

「貴殿がここにおられるということは、御先手組は、貴殿と咎人に繋《つな》がりはないと、判断されたのだな」

「当然です。わたしにはまったく心当たりのないことでございますので」

五味は身を乗り出した。

「辻斬りに名を出されて、さぞ迷惑されておろう。そこでな、恥を忍んでお願いする。奉行所に手を貸してくれぬか。咎人は、自分を倒せるのは若狭彦之介、貴殿しかおらぬと言うている。襲われた同心は、奉行所でも指折りの遣い手だったので、残る我らの手に負える相手ではない。手を貸していただけるとありがたい。ただとは言わぬ。見事倒してくだされば、それ相応の礼をいたす」

彦之介の顔が曇った。

「お断りします。襲われたお方は気の毒ですが、わたしにとっては、福の神のような者でして」

川村がひどく腹を立てた。

「今の言葉、聞き捨てならぬ。貴様、辻斬りとグルか」

彦之介が慌てる。

「誤解をなさらないでいただきたい。辻斬りがわたしの名を出してくれたおかげで、若狭道場のあるじは強いという噂が広まり、入門を願う者が後を絶たないのです。五味殿、道場はご覧になりましたか」

「いや」

「そうですか。いっときは十名にまで減っておりましたが、今は丁度百名に増え、道場は常に、二、三十名の弟子が稽古に励んでおります。これを福の神と言わずにおられますか。わたしが辻斬りに関わりないことは、御先手組に捕らえられていないのが何よりの証《あかし》。五味殿、お分かりいただけますか」

「うむ？　まあ、そうだな」

彦之介は笑みでうなずき、川村に眼差しを向けた。

「川村殿も」

川村は不服そうだったが、こくりとうなずいた。

彦之介が、したり顔をする。

「辻斬りのことは、お上にお任せいたします」

五味は慌てた。

「おい……」

「弟子が急に増えましたもので、稽古をつける人手が足りませぬ。もうよろしいですか」

彦之介は、手を貸す気がまったくないようだ。

あきらめるしかない。

「邪魔をした。川村、帰るぞ」

五味は立ち上がり、先に廊下へ出た。

若い弟子に送られて玄関から出た五味に、川村が歩み寄って言う。

「辻斬りを福の神などと言いおって、腹が立ちます」

「ちと、道場をのぞいてみるか」

見送る若者に見学をすると言った五味は、庭を歩んで道場へ行き、武者窓をのぞいた。

五味が見る限りでは、稽古は田代が言っていたような厳しさはなく、むしろ、堕落している。

見物をしているものは談笑し、木刀を持って対戦している者にも、緊迫した様子はないのだ。また、師範代と思われる者も、五味の目から見てもたいした腕前には思えない。

道場へ入った彦之介はというと、自ら稽古をつけるでもなく、ただ座って漫然と見守り、時折あくびをした。

隣で見ていた川村が、五味に言う。

「まったく厳しさはありませんね。本当に、あの道場主は強いのでしょうか」

「さあな」

五味は武者窓を離れ、腕組みをして門へ歩みはじめた。この時、ふと疑問が浮かび、川村に言う。

「とぼけた様子だが、裏の顔があるかもしれんぞ」

川村が駆け寄る。

「と、申しますと」

「この道場は潰れかけていたのだ。なんとかしようと焦った彦之介が、自分の名を上げるために辻斬りをしているのかもしれんぞ。とぼけ顔は、裏の顔を隠すためかもしれぬ」

「なるほど、相手を傷つけ、自分を倒せるのは若狭彦之介しかいないなどと告げて、噂を広めている。そういうことですか」

「うん」

五味は門から出ると、川村を人気のない路地に引き入れた。

「それが本当なら、とんでもない悪党だ。名を広めるために、またやるかもしれん。見張りをするので手伝ってくれ」

「喜んで。岡っ引きも連れてきます」

「うむ」

五味はあたりを見回して、見張りに使えそうな場所に目星を付けた。

「あの家の二階を使わせてもらえないか頼んでみる。お前は人を集めてくれ」

「分かりました。では、のちほど」

家を訪ねた五味は、中年の夫婦が暮らす家の二階の部屋を借り受け、そこを見張り所にした。

川村が岡っ引きを連れてきたのは、それから一刻半（約三時間）後だった。

川村が道場の裏門を探るというので、五味は岡っ引きと二人で行かせ、一人で表を見張った。

暮れ六つの鐘が鳴る頃には、門弟は稽古を終えて家路につき、門扉は閉ざされた。

日がとっぷりと暮れてからは、出てくるのを待ち構えたのだが、なんの動きもなく夜が更けた。家の夫婦が眠らせてもらうとあいさつに来たので、今夜は動きそうにないと思った五味は、夫婦に迷惑料を渡して口止めをすると、

「明日も頼む」

そう言って約束を取り付け、夜道に歩み出た。

道場の裏に行くと、町屋の軒先から川村が出てきた。

「親分は」

「横手にもう一つ出入り口がありましたので、そちらを見張っています」

「そうか。今日はもう動かないだろう。明日のことにしよう」

「よろしいので」

「ぬるい風が吹くので雨が降りそうだし、こんな夜更けじゃ、狙う相手もいないだろう」

「確かに」

「帰ろう。親分を呼んできてくれ」

「はい」

川村が暗い路地を歩み、塀の角を曲がって程なく、切迫した声がした。

「貴様！　うわああ！」

五味は走った。

「川村！　どうした！」

角を曲がると、倒れた川村が、激痛に耐えかねて転げ回っていた。その横に、黒い人影がある。五味に気付いたその者は、刀を向けてきたのだが、別の気配を察して、路地へ走り去った。

「逃げたぞ！」

路地に現れたのは、御先手組と思《おぼ》しき連中だ。道場を見張っていたらしい。

二人が追い、一人が立ち止まって五味に顔を向け、あからさまな舌打ちをして走り去った。

川村に駆け寄った五味は、痛みにのたうつ身体を押さえた。

「どこをやられた」

「足を……、うう……」

太ももを斬られていた。傷は深く、押さえても血が止まらない。

「親分！　親分！」

「ここに！」

岡っ引きがようやく駆け付けた。

「医者へ連れて行く。手を貸せ」

「旦那、しっかりしておくんなさい！」

五味は川村の足をきつく縛り、岡っ引きと肩を担いで牛込御門内の医者に運び込んだ。

三

翌朝は、夜中の嵐が嘘のように晴れていたのだが、

「この、大馬鹿者！」

町奉行・島田守政の雷が落ちた。

「危うく命を落とすところだったと申すではないか」

川村を勝手に使い、大怪我《けが》を負わせた不手際を責められた五味は、返す言葉もなく、ただただ、平あやまりするのみだ。

「先手組からも、あと一歩のところで邪魔をされたと苦情がきておる」

「わたしが迂闊《うかつ》でございました。いかようなる罰も、甘んじてお受けします」

扇を帯から抜いた島田が、五味の頭に打ち付けようとして、思いとどまった。

大きな息を吐いてきびすを返し、顔を横に向けて言う。

「神宮路の残党を捕らえた貴様の働きに免じて、今回だけは目をつむる。必ず咎人を捕まえて、小うるさい先手組の鼻を明かしてやれ。次はないぞ。しくじれば、三十俵二《に》人扶持《にんぶち》の同心に戻す。さよう心得よ」

「ははあ」

「縁談の話は当分お預けだ。行け」

「はは！」

ふたたび頭を下げた五味は、叱られたことよりも、川村に悪いことをしたと思い、歯を食いしばった。

すぐに奉行所を飛び出した五味は、若狭道場へ走った。彦之介に会い、名を上げるために剣客を雇っているのか問いただすためだ。先手組が見張っていたのも、彦之介を疑っていたからに違いないのだ。昨夜の咎人は、どこかで人を斬り、首尾を報せに来たに違いないのだ。

「とぼけたことをぬかせば、奉行所に引っ張ってやる」

独りごちた五味は肩を怒らせて、道場へ急いだ。

牛込御門を出て、汗をぬぐいながら神楽坂をのぼって道場へ行くと、門の前が騒がしかった。いわゆる剣客と自称する者たちが、彦之介に会わせろ、と言って、門弟に詰め寄っていたのだ。

紫房の十手を見せて割って入った五味が、剣客たちと向き合う。

「北町奉行所与力だ。おぬしら、何を騒いでいる」

すると、腕にさらしの包帯を巻いた男が、五味の前に出た。眼光鋭く、見るからに剣客の男は、五味に一礼して言う。

「それがし、武州の浪人、辻三人《つじさんと》と申す。先日までは某藩で剣術指南をしておったが、夜道で不覚を取り申した。おかげで、藩から暇を出された。卑怯《ひきょう》な不意打ちをしたこざかしき者が、こちらの道場主に果たし状を送るという投げ文をよこして参りましたので、恨みを晴らすべく、助太刀に参じたのでござるよ」

別の男が口を挟んだ。

「ところが、若狭彦之介先生は、そのようなものは届いておらぬと言われる。我らに送られた文には、昨夜送ると確かに書かれておる。与力殿、おかしいと思われぬか」

昨夜と聞いて、五味ははっとした。男に迫り、胸元をつかむ。

「それは本当か」

「痛い」

男が顔をしかめたので、五味は手を離した。足を斬られているらしく、手を当てて五味を睨んだ。

「何をするのですか」

「す、すまん。つい」

五味は改めて訊く。

「果たし状を昨夜送ると書かれていたのは、確かなのだな」

「先ほどからそう申しています」

川村と出くわしたのは、その時に違いなかった。

「どいてくれ」

剣客たちをかき分けて門前に行った五味は、門弟に役目だと言って中に入った。通された部屋で待っていると、彦之介が現れた。ひどく青い顔をしているので、五味は心配した。

「具合が悪いのか」

「少々胃が痛みますが、大丈夫です。今日は、何ごとでしょう」

「表の騒ぎのことだ。果たし状は、本当に届いていないのか。昨夜、辻斬りの咎人が裏の路地にいたのだが」

「どうしてそれを」

「その顔は、来たのだな。昨日共に来ていた同心が斬られたのだ。隠さずに話してくれ。果たし状は、届けられたのか」

彦之介が神妙な顔でうなずいた。

「そうか、届いたのか」

五味は、これはいける、と、身を乗り出し、笑顔で言う。

「ならば先生、世間を騒がす悪党を倒してください」

ごますり調子で言っていると、彦之介が両手をついた。

「助けてください」

「ええ？」

「勝てる気がしません。いえ、必ず殺されます」

「ちょ、ちょっと待った。その言い方は、相手を知っているようにしか聞こえないのだが……」

「そのとおりです。辻斬りをしているのは、わたしがよく知る男です。だから、こうして頭を下げているのです」

「何者なのだ？」

「この道場の稽古が厳しかったことは、ご存じでしたか」

「うむ。昨日共に来ていた同心から聞いている」

「厳しくしていたのはわたしではなく、父の一番弟子が師範代をしていたからです。わたしは剣の才覚がなく、父から見放されていました。本当は、師範代がここを継ぐべきだったのですが、父が遺言を残さず急逝したため、息子のわたしが継ぐことになったのです」

「それで、門弟が減ったのか」

「いえ。減ったのは、その師範代が前にも増して稽古を厳しくしたので、旗本の次男や三男のほとんどの門弟は、音《ね》を上げて来なくなってしまったのです。わたしが、愚かでした」

「どうして？」

「実入りが減ってしまったことに焦り、師範代がいる限り門弟が戻ってこないと思ってしまったわたしは、師範代を罵り、追い出したのです。一連の辻斬りは、わたしへの復讐《ふくしゅう》かと」

彦之介は、届けられた果たし状を袂から出し、五味の前に置いた。

五味は手に取り、目を通した。

明日の昼七つ（午後四時頃）、牛込長寿院裏の原で待つ。
来ない時は、道場へ参ずる。

手島多十

「名は、テジマタジュウと読むのか」

五味が訊くと、彦之介がうなずいた。

「住まいはどこだ」

「知りません」

「こころ当たりもないのか」

「はい」

「どのような男なのだ」

「恐ろしい男です。父は生前、弟子の中で唯一負かされたのは、多十だと申しておりました」

五味は目を見張った。見習いの時に奉行所で見た孫一の剣が凄《すさ》まじかったのを、覚えているからだ。

「孫一先生に勝るなら、奉行所で敵う者はいない。だが、相手は一人だ。大勢の捕り方で囲めば、なんとかなるはず。我らが捕らえるので、果たし合いの場に行ってくれぬか」

「それができないから、こうして頭を下げているのです」

「どういうことだ」

「応じて行っておきながら、刀を交えず役人に助けてもらったとなると、これは恥となりましょう。道場のために、恥はかけませぬ。相手にしない体《てい》で構えていれば、恥にはならない。わたしはここにいますので、どうか、多十を捕らえてください」

「おぬしが行かなければ、姿を見せないのではないか」

「来ているかどうか、見に来るはずですから、そこを捕らえていただければと」

「すべて奉行所に任せるというのか」

「嫌なら、御先手組にご相談します」

「誰も嫌とは言うておらんだろう。だがな、おぬしが追い出さなければ、罪もない者が襲われずにすんだのだぞ。表には、藩の指南役を罷免された者も来ておるのだ。その者たちを無視して、道場であぐらをかいて高みの見物というのは、人としてどうなのだ」

「ですから、それが多十の狙いなのです。ああやってけしかけて、大勢の者の前でわたしに恥をかかせるのが、奴の狙いなのです。もうすぐ子供が生まれますので、のこのこ出て行って死ぬわけにはいかないのです」

「何、子が生まれるだと」

「はい」

五味が言葉を失っていると、廊下で女の声がした。茶を持ってきたのは、彦之介の妻だ。

大きな腹を一瞥した五味は、茶を出してくれた妻に愛想笑いをして湯飲《ゆの》み茶碗《ぢやわん》を取り、一口すすった。

妻が部屋から出ると、大きなため息を吐き、彦之介に言う。

「おぬしの気持ちは分かった。子が生まれるなら仕方がない。果たし合いの申し入れなど無視して、一歩も外に出るな。そのかわり、表の連中には自分で言え」

「なんと言えば、よろしいのでしょうか」

「果たし状など届いていないと言うしかない」

「それは、先ほどから言っています」

「門弟ではなく、おぬしの口ではっきり言え」

「は、はい」

五味は果たし状をたたんで返した。

「これが届いていることを、門弟は知っているのか」

「いえ、妻しか知りませぬ」

「ならば好都合だ。焼いてしまえ」

「しかし、気がかりが。果たし合いに応じなければ、ここに押し入るとありますので、腕の立つ門弟に相談して、警固してもらいましょうか」

「昨日稽古の様子を見せてもらったが、はっきり言って、死人が出るぞ」

「それは困ります。やはり奉行所で、なんとしても捕らえていただかなくては」

「できるだけのことはするが、相手が相手だ。守り切れぬかもしれぬ。住み込みの門弟はいるのか」

「いません」

「ならば、明るいうちにご新造を里に帰して、貴殿はどこかに雲隠れしろ」

「ですから、わたしがここを出るわけには……」

「仕方ない。屋根裏にでも隠れていろ」

「はい、そうします。どうか、よしなに」

五味はうなずいて立ち上がり、道場から出た。

表に出た彦之介が、果たし状など来ていないと言い、押しかけていた者たちを帰したのを見届けると、神楽坂上の自身番に行った。

町役人に若狭彦之介のことを訊いてみると、返ってくる言葉は、人が好《よ》いとか、夫婦仲がいいといったことばかりで、剣の腕が立つというのは、まったく聞こえてこない。

やはり、道場主の器ではないようだ。

手島多十のことを訊くと、役人たちは、表情を曇らせた。

「薄気味悪い男でしたが、孫一先生にだけは、従順な様子でした。先生が急な病で亡くなられて、彦之介さんが道場を継がれた時は、荒れていましたね。いつの間にか、いなくなりましたが」

「いつの間にか、な」

彦之介は、周りにそう言いふらしたのであろう。

茶を飲んで時を潰した五味は、適当な理由をつけて捕り物道具の寄り棒を借り受け、一人で果たし合いの場に向かった。歩きながら、ふと思う。

「信平殿なら、今のおれと同じことをするだろうな。狐丸が消えたと言っていたが、戻ってきたのだろうか」

五味はそう思いながら、一度寄り棒を振るい、歩を速めた。同心や捕り方を動員すれば多十を捕らえることはできるだろうが、一人も、死人を出したくなかったのだ。

たった一人で、果たし合いの場で待ったのだが、刻限をすぎても、多十は姿を見せなかった。

見物の者が誰もいないところで与力一人を斬ったとしても、多十にはなんの得もないということだ。

「信平殿が、こんなへまをするわけないか。何をやっているのだおれは」

五味は己の愚かさがいやになり、道場へ急いだ。暗くなれば、多十が押し入るかもしれないと焦ったのだ。

ここには来ない。

その思いから、油断が生じていた。

寺の横の道を急いでいる時、樫《かし》の大木の幹からつと現れた者に気付くのが遅れ、身構えた時には、寄り棒を真っ二つにされていた。

棒を捨てて刀を抜こうとした五味の右手首に、刀が当てられる。

「動けば、手首が落ちる」

低く、落ち着いた声だ。編み笠を被《かぶ》っているので顔が見えない。

「手島、多十か」

五味が訊いたが、それに対する返事はない。

「町方などに頼るとは、つくづく情けない奴だ」

「彦之介は子供が生まれるのだ。これ以上、罪を重ねるな」

「黙れ。邪魔だてするなら、次は命がないものと思え」

「馬鹿なことはやめ――」

素早く刀を振るわれ、二の腕を斬られた。それだけで、かなりの遣い手と分かる。

呻き声をあげて腕を押さえた五味の前から、男は油断なく下がり、きびすを返して走り去った。

「くそ！」

痛みに顔をゆがめながら、五味はあとを追った。だが、男の姿はどこにもない。

五味が急いで道場に行くと、門も木戸も閉じられ、訪いに返事がない。

気配を察して路地に顔を向けると、侍が二人、こちらを見ていた。先手組と分かった五味は、彼らのところへ行った。

「北町奉行所の五味と申します。御先手組のお方ですか」

中年の男が、厳しい顔をする。

「そうだ。おぬし、その傷はどうした」

「手島多十と思われる者にやられました。手島が、辻斬りの咎人に間違いないかと」

男が目を見張った。

「どこでやられたのだ」

「知ったところで、もうそこにはいません。それより、日が暮れればここへ現れるかもしれませんので、見張りを怠りなく」

二人は顔を見合わせた。明らかに、動揺している。

若いほうが、心配そうな顔をした。

「確かに、ここへ来るのか」

「腕に自信がないなら、人を集められたほうがよろしいかと。それがしもこれより奉行所に戻り、人を集めてきます」

「奉行所の手など借りぬ。我らだけで捕らえるゆえ、手出し無用」

勇む中年の男に、五味はむかっ腹が立った。

「言っておきますが、奴は相当な遣い手です。手を出すなと言われるならそうしますが、死人が出ないよう気をつけられることです」

「貴様！」

怒る先手組を無視してきびすを返した五味は、奉行所へ急いだ。

戻るなり、手当てもせずに奉行の部屋へ行き、ことの次第を報告し、出役の許しを請うた。だが、島田は首を縦に振らない。

「先手組が出張るなと申したのなら、任せておけ」

「お奉行、それでは死人が出ます」

「そうかもしれんが、動くな。我らが出張った時に、先手組に死人が出てみろ、町方が足を引っ張ったと言われるに決まっておる」

ことなかればよい、と、己の保身にはしる奉行に、五味は肩を落とした。

島田が言う。

「同心に戻すとは言わぬゆえ、安心して、ゆっくり傷を癒やせ。よいな」

「命を狙われている者を、放ってはおけません」

島田は目を細めた。

「怪我をした者たちの仇《かたき》を取りたい気持ちは分かる。だが堪えろ」

「お奉行は、奴らの鼻を明かしてやれとおっしゃったばかりです」

「落ち着け。先手組の邪魔だけはするな。城で肩身が狭い思いをするのはわしだぞ」

「邪魔をしなければ、よろしゅうございますな」

五味は立ち上がり、頭を下げてきびすを返した。

「おい、何をする気だ。待て、五味、待てというに」

奉行の声が聞こえぬふりをしてその場から去った五味は、役宅に帰った。

お富は腕の怪我に驚いたようだが、五味が何も言わぬので、理由を訊こうとはしなかった。

奉行には不服があったが、お富に言えば縁者を通して伝わるかもしれないと思いぐっと堪え、傷の手当てをしてもらうと、着替えをしてすぐに出かけた。

「お夕飯はどうなさいますか」

「飯はいい」

五味はこの時、ふと、生きて戻れない気がした。

「いかんいかん」

悪いことを考えればそのとおりになると思い直し、見送るお富に、明日の朝帰るので戸締りをするよう言い、すっかり日が暮れた町へ歩みを進めた。

暗い道を歩んでいると、すぐに気分が落ち込み、ため息を吐いた。奉行に啖呵《たんか》を切った手前、手ぶらで顔を出すわけにはいかない。なんとしても、多十を捕まえなければ、奉行所には戻れない。

腕に痛みが走り、顔をゆがめる。それと同時に、多十の凄まじい太刀筋を思い出し、後悔の念に襲われた。死ぬかもしれないと思うと同時に頭に浮かんだのが、お初の顔だ。

「死ぬ前に、お初殿の味噌汁を飲みたいなぁ」

自然と出た言葉に、五味は立ち止まった。

無性にお初に会いたくなった五味は、赤坂に走った。

四

「なんだか、今日は静かですな」

台所の板の間にいる五味は、中奥御殿の居間の様子をさぐるように、廊下に顔を出している。

来た時には、お初とおつうたちは夕餉の片づけをしていたのだが、五味を板の間に上げてくれ、夕餉の膳を出してくれた。

「佐吉殿と頼母殿がいないから、そう感じるのよ」

お初の声がしたので振り向くと、味噌汁の椀《わん》を置いてくれた。

五味は膳の前に座り、おかめ顔をお初に向ける。

「どこに行ったのです」

「下之郷村よ」

「そういえば、この前聞いたな。治水の普請だ」

五味は椀を左手で持ち上げて、右手をゆっくり添えた。

「ねぎとわかめに豆腐。いいですな」

一口すすり、

「旨い」

しみじみと言い、ほっと息を吐く。

目をつむって天井に向けられたおかめ顔を見ていたお初は、その場を離れなかった。

五味はお初に見られていることに気付いて笑みを浮かべ、右手で箸を取り、食事をはじめた。

いつもはご飯と味噌汁をおかわりする五味だが、今日は一膳で箸を置く。

「ご馳走《ちそう》さま。いやぁ、今日も旨かった」

満足して立ち上がる五味を、お初が見上げる。

「待って」

「はい？」

「いいから座って」

「はいはい」

五味は素直に座り、訊く顔をした。

お初がじっと目を見つめて、いぶかしい顔をする。

「先ほどから、死を覚悟した様子に見えるのだけど、気のせい」

五味はどきっとした。

「いや、そのようなことは……」

お初は疑いの眼差しを向ける。

「信平様にお会いせずに帰るとは珍しい。用があって来たのでは？」

五味は、咄嗟に浮かんだことを口に出した。

「そのことだ。思い出した。狐丸は、戻ってきたのですか」

「いいえ、まだだけど。なければ都合が悪いことでも？」

五味は顔の前で手をひらひらとやった。

「まさか。刀を置いた信平殿を頼ったりはしませんよ。さて、旨い食事をいただいたことだし、帰るとしよう。またゆっくり来るので、信平殿によしなにお伝えくださ
い。では」

五味は笑顔で、味噌汁が旨かったと改めて礼を言い、帰って行った。

見送るお初の横に、鈴蔵が並んだ。

「あれは、死を覚悟していますね」

お初が横目で見る。

「信平様に、辻斬りのことを伝えたの」

　すると鈴蔵が、困り顔を向けた。

　信平は、阿部豊後守から辻斬りのことを知らされてどうにも気になり、密《ひそ》かに鈴蔵を呼び、調べさせていたのだ。

「殿には逆らえませんからね。調べたことは、隠さず」

「そう」

　お初は前垂れを取り、丸めて鈴蔵に押し付けた。

「五味殿はわたしが助けるから、信平様にそう伝えて」

「よしたほうがいい。手島多十という男、あれは相当な遣い手です。本気を出したところはまだ見ていませんが、五味殿が襲われた時は、助けに入る間もありませんでした。斬り殺す気がなかったことに、救われたのです。本気を出されたら、きっとお初さんでも敵いませんよ」

「だからといって、信平様に頼るわけにはいかない。狐丸も戻っていないのだから」

「狐丸ねぇ。殿は、誰が持って行ったかお気付きのようですが」

「知っていて戻させないのは、必要ないと思われている証でしょう」

「それがそうでもないですよ。五味殿の声を聞かれて、悩まれていましたから」

お初は驚いた。

「来ているのを知っておられたの？」

「声が大きいですからね。殿にお会いせずに帰ったので、気をつかわれたと、苦笑いをされていました。五味殿を放ってはおけないとも言われ、悩んでおられます」

「わたしが行くとお伝えして。いいわね」

お初は念押しして、五味を追った。

中奥御殿の自室にいた信平は、五味をお初が追って行ったことを知らされ、無言でうなずいた。

鈴蔵は下がらず、廊下に控えている。

信平は鈴蔵に訊いた。

「お初でも、危ういと申すか」

「はい。五味殿を襲った時の太刀筋を見て、そう思いました。ですので、これより拙者も加勢に参ります」

「待て」

信平は、目を閉じて考えた。家族ともいえる五味が窮地だというのに、何もしないでいることが苦しいのだ。

立ち上がった鈴蔵の気配に、信平は目を開けて眼差しを向ける。

「しばしここで待て。すぐに戻る」

信平はそう言って立ち上がると、奥御殿へ渡った。

松姫は、福千代を寝かしつけようとしていたところだった。

信平は寝所に入り、蚊帳の外から声をかけた。

「松、そなたに話がある。すまぬが、今すぐ部屋に戻ってくれぬか」

「はい」

松は糸に福千代を託して、八畳間を挟んだ自分の部屋に急いだ。

勘働きがいい福千代は、両親のただならぬ空気を察したようだ。代わって添い寝をしようとした糸の手を払って起き上がる。

「若さま？」

「しぃ」

糸を静かにさせた福千代は、蚊帳から出て、襖《ふすま》を開けて八畳間に入った。

「若さま、なりませぬ」

糸は精一杯抑えた叫び声を喉の奥からしぼり出して追いかけ、部屋に潜んで両親の声に耳をすませる福千代を捕まえたものの、信平が松姫に告げた一言に驚愕《きょうがく》し、共に聞き耳を立てた。

松姫は、心配そうな顔でうつむいた。

「五味殿を助けるために、ふたたびお刀を……」

「友のために、剣を取る。すまぬ」

松姫は首を横に振る。

「あやまらないでください」

顔を上げた松姫は、両手をついた。

「五味殿と共に、必ず生きてお戻りください」

信平はうなずき、立ち上がった。そして、八畳間の襖を開けた。

糸が福千代を抱き、驚愕している。

「も、申しわけございませぬ」

盗み聞いたことを詫《わ》びる糸に、笑顔でよいと言った信平は、沈んだ顔をしている福千代の前に片膝をつく。

「福千代と話がある。二人にしてくれぬか」

松姫は糸とうなずき合い、部屋から出て行った。

いつもなら、甘えて信平の膝に乗る福千代であるが、今はちょこんと正座して、神妙な面持ちでいる。

信平は、袂から組紐を出した。

「そのような顔をしているのは、母上からもらった、大切なものを落としたからか」

福千代は目を見張った。だが、手を出そうとせず、うつむく。

信平は手を取って返してやり、福千代の丸い頬に手を添えた。

「父の部屋に入ったのは、母上を想ってのことだな」

「…………」

「福千代と同じように、父も母のことを守る。だが今は、友のために行かねばならぬ。狐丸を出してくれぬか」

「…………」

松姫がさらわれた時のことを覚えている福千代は、下を向いたまま黙っている。そのかたくなな様子に、信平は、頭をなでた。

狐丸をあきらめ、隠し刀のみを帯びて行くつもりで立ち上がると、福千代が指貫の裾をつかんだ。

信平は見おろし、ふっと、笑みを浮かべる。

「案ずるな。母を危ない目には決して遭わさぬ」

すると、福千代が小さな声で何かを言った。

「うむ？」

「ごめんなさい」

泣き声で言い直した福千代が、涙をぬぐって立ち上がり、信平の手を引いて廊下へ出た。

向かった先は、福千代の部屋ではなく、中奥御殿の信平の部屋だった。福千代は、狐丸を持って部屋から出たものの、人が廊下を歩く足音に慌てて濡《ぬ》れ縁の下に入り、そこで目についた床下の風穴に、差し込んでいたのだ。

部屋で待っていた鈴蔵に手燭《てしよく》を持たせた信平は、福千代と濡れ縁の下に潜り込む。

「あそこ」

福千代が示したのは、うぐいすの形に切り抜かれた風穴だ。

羽目板を外し、手を入れて探った信平は、狐丸を取り出した。

福千代がまた、ごめんなさい、とあやまる。

信平は笑みで言う。

「よく教えてくれた。母のところへ戻って休むがよい」

こくりとうなずいた福千代は、濡れ縁の下から出ると、廊下で待っていた松姫に気付いて、駆け寄って抱きついた。

松姫とうなずき合った信平は、鈴蔵に言う。

「道場へ案内してくれ」

「はは」

鈴蔵は手燭を吹き消した。

門の外へ出た信平は、鈴蔵と共に夜道を走った。

五

牛込に来た五味は、先手組に見つからないよう路地を歩み、若狭道場の表門が見張れる、例の夫婦の家の裏に回って訪いを入れた。

寝ていたのだろう、勝手口の木戸の中から、亭主が気だるそうな声で応じる。

「誰だい、こんな夜更けに」

「すまぬ、北町の五味だ」

「はい、ただいま」

驚きの声をあげて心張り棒を外し、戸を開けて顔を出した。手槍を持っている五味に驚いたらしく、息を飲む。

五味が神妙な顔をする。

「お上の御用だ。また二階を使わせてくれ」

「ど、どうぞ」

「すまんな」

急いで二階へ上がった五味は、外障子を少しだけ開けた。真下の路地には、先手組の人影が二つ、いや、三つある。他にも何組かに分かれて潜み、手島多十が来るのを待ち伏せしているはずだ。しかし、路地は狭くて隠れる場所が少ないので、下にいる連中のように暗がりに潜むだけなら、五味が気付いたように、多十にも分かるだろう。

「これでは、来ないかもな」

迂闊な先手組に、五味はため息交じりに独りごちた。

怪我を負わされた川村たちのために、己の手で捕らえたいと思った五味は、焦りが生じていた。

果たし合いに応じなかった彦之介に怒り、今夜のうちに命を取りにくると思っていたが、先手組が待ち構えていると知って、引き返したかもしれない。そうなると、いつ現れるか分からないので、守る側は厄介なことになる。

昼間に油断して逃したのが、悔やまれる。

下にいる先手組に、恨めしそうな眼差しを向けた五味は、目を凝らした。先ほどまでいたはずの人影が消えていたのだ。

来ないとふんで、引き上げたのだろうか。

五味は段梯子《だんばしご》を駆け下り、家主に迷惑料を渡して外へ出た。

やはり表の路地に先手組はいない。

用心深く気配を探りながら歩み、表門の周囲を探索してみたところ、見張っている者はどこにもいなかった。引き上げたのだ。

あきらめの早さに、五味は呆れた。

「粘りが足らんなぁ。あれでは、咎人を捕まえられるわけがない」

一人になったと思うと、急に心細くなった。剣術に自信がない五味は手槍を用意しているので、昼間のように油断しなければ勝ち目はある、と、自分に言い聞かせる。

道場の裏に回って戸締りを確かめ、もう一つの出入り口である横手の木戸へ行こうとした時、路地の暗闇に気配があるのに気付いた。

殺気――。

たちどころに槍を構えた五味。すると、路地の奥で叫び声があがり、闇に火花が散った。

先手組は引き上げたのではなく、昨夜多十が逃げて行った路地に場所を変えて見張っていたのだ。

「ぐああ!」

悲鳴のあとに、

「おのれ!」

怒りの声がする。

複数人が戦っている音を追い、五味は走った。

暗い路地の先にある辻灯籠の明かりの下に、倒れている者が二人いる。ぴくりとも動かないので、五味は鳥肌が立った。

風が路地を吹き抜けるように、人の叫び声が遠ざかっていく。逃げているのは多十ではなく、先手組の捕り方と思われた。路地の奥から、呼子が鳴り響く。

すると、目の前の角から四人の人影が走り出て、

「あっちだ。急げ」

侍が叫び、配下を連れて呼子のほうへ急いだ。

五味はあとに続こうとしたが、手を引かれた。驚いて振り向き、あっ、と、声をあげた。

「お初殿、どうして！」

「話はあと。今のうちに、道場主を逃がしたほうがいい。あの男、かなりの遣い手だから、わたしたちだけでは守り切れない」

「奴を見たのですか」

お初はうなずいた。

「早く」

「はい」

五味は路地を戻った。

五味に気付きもしないで路地を走っていた先手組の四人は、倒れた仲間をみつけて駆け寄り、飛び付くようにして声をかけ、身体を揺すった。地面に垂れた手は血で汚れ、力が抜けている。斬殺されているのだ。

「おのれ！　逃がしてなるものか。行くぞ！」

配下に命じた侍が、立ち上がると同時に殺気を感じて振り向き、刀を抜いた。黒い人影が音もなく近づいたかと思うと、侍とすれ違った。

刀を振り上げていた侍が呻き声をあげ、横向きに倒れた。腹を斬られている。

恐ろしい剣だ。

配下の侍は恐怖に顔を引きつらせながらも、三人揃って抜刀し、曲者《くせもの》を取り囲む。

「おのれは、手島多十か！」

「いかにも」

多十は正面の侍にこたえ、対峙した。そこへ、背後の侍が斬りかかる。

多十は見もせず刃を右にかわし、片手斬りで相手の脇腹を打ち、斬りかかった別の侍の一撃をかわして胸を突いた。

ほぼ瞬時に二人を倒した凄まじさに、残った一人は腰を抜かした。

「ま、待て」

命乞いをする侍を、大上段に振り上げて斬ろうとした多十が、鼻先で笑う。侍が失禁していたのだ。

「これから若狭彦之介と勝負いたす。命が惜しければ、邪魔をせずに去れ」

「ひ、ひい」

侍は刀を捨てて逃げた。

刀を血振りして鞘に納めた多十は、若狭道場へ向けて路地を歩んだ。

忍びのお初の手を借りて道場へ入っていた五味は、横手の木戸の閂《かんぬき》をかけ、母屋の雨戸をたたいて叫んだ。

「若狭殿！　先生！」

すぐに雨戸へ近づく足音がした。

「誰です」

「北町の五味だ。手島多十がすぐそこまで来ている。御先手組では防げそうにない」

慌てて雨戸を開けた彦之介が、五味の後ろにいるお初に目をとめた。

「あの美しいお方は？」

「未来の妻だ」

「おい！　冗談を言っている場合か」

お初の低い声に首をすくめた五味が、真面目な顔で言う。

「おぬし一人か」

「はい」

「よし。早く逃げる支度を」

だが、彦之介は拒んだ。

「逃げれば道場の名に傷がつきます」

五味が顔をゆがめる。

「何を言うているのだ。殺されるぞ!」

「そこをなんとかしてくださるのが、役人でしょう」

「見張っていた御先手組がやられているのだ。奴の強さは、おぬしがよう知っているだろう」

「それは、そうですけど」

「昼間におぬしを逃がさなかったおれも甘かった。悪いが、ここへ入られたらとても守り切れん。命が惜しいなら逃げろ」

「わ、分かりました」

ようやく承諾した彦之介が、取るものも取りあえずに表から逃げようというので、五味とお初は裏庭を走った。

表の庭を走って表門に行った彦之介が、先に潜《くぐ》り戸《ど》を開けて出たところ、表の灯籠の明かりの中に、斬り合いをする編み笠の男をみつけた。多十は表まで迫っていたのだ。

　先手組と刀を交えていた多十が彦之介に気付き、迫り来る。

　慌てた彦之介が、外へ出ようとしていた五味を押し戻して潜り戸を閉め、門をかけた。その潜り戸に刀が突き入れられ、外から悲鳴があがった。

　先手組の者が、潜り戸に取りついていた多十を背後から突き刺そうとしてかわされ、勢い余って戸板を貫いたのだ。

　その先手組の者は、刀を引き抜く前に手首を峰打ちされた。

　骨を砕かれて苦しむ侍を見くだした多十が、迫る先手組に動くなと叫び、門をたたく。

「若狭彦之介！　門を開けねば、この者にとどめを刺すぞ」

　多十は侍の首に刃を当てた。先手組の連中は足を止め、遠巻きに見ている。

「命が惜しければ、貴様も頼め」

　多十に言われて侍は悔しそうな顔をしたが、首の皮を切られて悲鳴をあげた。

「開けてくれ！　わたしには幼子がいるので死ぬわけにはいかぬのです！」

　門の前にいた彦之介は、額に玉の汗を浮かせて五味に振り向く。

「ど、どうすれば」

「どうするって、見捨てるわけにはいかんだろう。おれが相手をする。お初殿、彦之介殿を頼みます」

応じたお初が彦之介を下がらせ、小太刀を抜いた。

「わたしも残る」

「いや、それは駄目です。お初殿は彦之介殿を連れて逃げてください」

「しかし……」

「早く」

「何をしておる。殺すぞ」

多十の声に、今開ける、と告げた五味が、お初を押して下がらせ、門扉の閂を外した。

門扉が外からゆっくりと開いていく。

五味は下がり、槍を構えた。

最初に入ったのは侍だ。背後から刀を向けた多十が入り、侍に門を閉めさせ、閂をかけるよう命じた。

従った侍が閂をかけ終えると、多十は彼の後頭部を刀の柄頭《つかがしら》で打って気絶させ、きびすを返す。

そこへ、槍を構えた五味が迫る。

「やあ！」

腕を狙った五味の鋭い突きを、多十は身体を反らせてかわした。

五味は槍を引き、左腕で振るって打つ。

刀で受け流した多十は、大きく跳びすさった。夜でも編み笠をつけているので、顔は見えない。

刀を右手に下げた多十が、油断なく顎ひもを解き、編み笠を飛ばした。

月明かりに映える多十の顔に、五味は目を見張る。色白で細面の多十は隻眼《せきがん》だったが、その右目は鋭く、背筋が寒くなるほどの殺気を帯びている。

「貴様、昼間の与力か」

「そうだ」

「ふん、こりもせず邪魔をしに来るとは愚かな。次は命を取ると言ったはずだ。外の者たちのようになりたいか」

「黙れ。人殺しめ」

五味は槍を構え直した。

穂先を地面すれすれにする構えに、多十が油断なく応じる。

「槍には自信があるようだな。だが、甘い」

言うや、多十が先に仕掛けた。

猛然と前に出る多十の足めがけて、五味が槍を突く。さけるために跳び上がれば五味の狙いどおりだ。

しかし多十は、鋭い突きをものともせずかわし、穂先を切り飛ばした。

「うっ」

五味はたまらず跳びすさったが、多十がぴたりと追ってくる。多十の顔には、余裕の笑みさえ浮かんでいた。

斬られる。

五味がそう思った時、多十が急に飛び離れた。刀を振るって弾《はじ》き飛《と》ばしたのは、お初が投じた手裏剣だ。

多十が刀を構える。

「忍びならば、女とて容赦はせぬぞ」

お初は小太刀を構えて彦之介をかばいつつ、道場の壁際まで下がった。

多十が鼻先で笑う。

「彦之介、貴様、なんだそのへっぴり腰は。逃げてばかりおらずに、おれと勝負しろ。他の者に用はない」

彦之介は、助けて、と、怯《おび》えた声で言う。

五味はやむなく、不得意な刀を抜いた。

「早く逃げろ！」

多十が素早い足取りで移動し、横手の木戸へ行こうとした彦之介の行く手を塞ぐ。

お初が手裏剣を投げ打ったが、多十は軽々と弾き飛ばした。

彦之介を守る五味とお初。

多十は憎々しい顔をした。

「仕方がない。まずは邪魔な二人を殺し、そのあとで貴様を八つ裂きにしてくれる。道場から追い出したことを後悔するがいい」

彦之介が怯えて五味にしがみついたので、構えが崩れた。

「おい！　離せ！」

にたり、と笑った多十が迫る。

お初が割って入り、小太刀で斬りかかった。

多十は一撃を受け止め、お初の顔を殴った。

飛ばされたお初を見て、五味が叫ぶ。

「貴様！」

怒りを爆発させて彦之介を振り払い、猛然と多十に向かう。

刀を打ち下ろす五味。

多十は、恐るべき速さで五味の懐に飛び込み、腹を斬り払ってすれ違い、刀の切っ先を彦之介に向けて止まった。

腹を押さえた五味がよろよろと歩み、殴られた頬を押さえて片膝をついているお初の前に行くと、海老《えび》のようにうずくまった。

「五味！　しっかりしろ！」

叫ぶお初に、多十が迫る。

お初は手裏剣を投げたが、これも弾《はじ》かれた。

立とうとしたお初に五味が抱きつき、己の身をもって楯《たて》になる。

多十は切っ先を向けて迫り、二人同時に貫こうとしたが、横から迫る手裏剣に気付いて刀を振るった。

弾き飛ばした多十は、いつの間にか表門の下に立っている人影に、鋭い眼差しを向ける。

「何者だ」

「鷹司信平じゃ」

白い狩衣姿の信平が、月明かりの中へ歩み出る。その後ろから鈴蔵が走り、手裏剣を投げた。

刀で弾き飛ばした多十が、信平を睨む。

「名は聞いたことがある。刀を置いたと聞いたが、間違いであったか」

信平は答えず、

「参る」

言うなり、猛然と出た。

凄まじい剣気に隻眼を見開いた多十は、気合を発して斬りかかった。

信平は、多十の一撃をかいくぐり、鞘に納めた狐丸で腹を打った。だが、多十は刀で受け止め、押し返して袈裟懸けに打ち下ろす。

跳びすさって切っ先を外した信平であったが、狩衣の前が切り割られていた。

「ふん。噂はまことであったか。刀を抜かぬのは勝手だが、容赦はせぬ」

多十がさげすみ、余裕の顔つきで刀を正眼に構え、脇構えに転じた。と、みるや、気迫をぶつけ、凄まじい太刀筋で襲いかかる。

肩を狙って打ち下ろされた一撃を退いてかわした信平の胸元に、鋭い突きの一撃が伸びてくる。

太刀筋を見切り、身体を右に転じてかわす信平。

「おう！」

多十の気合と共に振るわれた刀で、狩衣の背中が割れた。

「殿！」

鈴蔵が叫び、加勢に来ようとしたが、信平が手の平を向けて制す。

「手を出すでない」

立ち止まる鈴蔵を一瞥した多十が、鋭い眼差しを信平に向ける。

「遊びは終わりだ。我が奥義をもって、地獄へ送ってやる」

大上段に刀を上げ、長い息を吐きながら正眼に下ろした。

ぴたりと動きを止めた多十の身体から、凄まじい剣気が感じられる。

応じて、狐丸を左の腰に帯びた信平は、鯉口を切り、抜刀した。

両手を広げた信平の構えを見て、多十が動いた。

切っ先をまったく揺らさずに迫る様は、刀のみが眼前に伸びてくる錯覚に襲われる。

並の剣客ならば、伸びてくる切っ先に惑わされ、慌てて受けようとするはず。

信平は、左の手の平を向けた。と、次の瞬間、目の前から多十の切っ先が消えた。

「えい！」

多十は裂帛の気合を吐き、信平の胴を斬り払った。

だが、そこに信平の胴はない。

太刀筋を見切った信平は、身体を横に転じて多十の背後を取り、狐丸で背中を打つ。

「むう」

峰打ちだが、多十は短い呻き声をあげて両膝をついた。

「い、いまの、技は」

問われて、信平が言う。

「秘剣、鳳凰《ほうおう》の舞」

「み、見事……」

多十は、うつ伏せに倒れた。

気を失った多十を見おろした信平は、静かに狐丸を鞘に納め、五味に歩み寄る。

お初に抱かれていた五味は、目を閉じている。

「斬られたのか」

信平の問いに、お初がうなずく。

「腹を斬られたと」

「ふむ」

信平は五味の脇差を腰から取り、斬られて血がにじむ着物に手を入れた。

傷を確かめた信平は、ふっと、笑みを浮かべる。

「かすり傷じゃ」

「え！」

驚くお初に、信平は十手を抜いて見せた。紫房が刀を受けて切れ、地金に傷が入っている。

お初は、腕の中で白々しく目をつむる五味に冷めた眼差しを向ける。

「このまま死んでもらいます」

帯から手裏剣を抜くお初。

大きな目を見開いた五味が、悲鳴をあげて起き上がった。

「ま、待った！」

「黙れ！」

平手で顔を打たれた五味は、立ち上がって背を向けるお初を、幸せそうな顔で見上げた。

信平が、呆れた眼差しを向ける。

「あとは、そなたに任せる」

五味は地べたに正座して、居住まいを正した。

「信平殿、すまぬ」

打って変わって涙声の五味に、信平は笑みで首を横に振り、お初に言う。

「お初、頼むぞ」

腕組みを解いたお初が振り向き、五味を一瞥し、真顔でうなずいた。

信平は笑みでうなずく。

「鈴蔵、帰るぞ」

「はは」

信平が鈴蔵と共に門の外へ出ると、待っていた先手組の者たちが一斉に頭を下げた。

組頭が歩み出て、信平に言う。

「我らが不覚を取り、ご迷惑をおかけしました」

「よい。あとのことは、中にいる我が友に任せてほしい」

「承知つかまつりました」

信平が去ると、組頭は配下の者に引き上げを命じ、組屋敷へ帰って行った。

六

五味が信平の屋敷におかめ顔をのぞかせたのは、三日後のことだ。

お初は無視をしたが、めげない五味は助けてくれた礼をしつこく言い、

「分かったから、わたしより信平様に礼を言いなさい」

やっと口をきいてもらえたことを喜び、中奥御殿の居間にいる信平のところへ行った。

信平が助けに行ったことを後から知った善衛門が不機嫌な顔を向ける中、五味は神妙な顔で信平の前に座り、改めて礼を言い、詫びた。

「おれのために、ふたたび狐丸を抜かせてしまったこと、申しわけなく思う。奥方様に、合わせる顔がない」

「そなたが無事で、松も喜んでいる」

五味は明るい顔をした。

「それはまことか」

「ふむ。麿が狐丸を手にしたあの夜から、松がまた悪夢にうなされるのではと案じたが、一度もない。それどころか、憑《つ》き物《もの》が取れたようじゃと申している」

「そう言っていただけると、助かる」

安堵《あんど》の息を吐いた五味に、善衛門が釘を刺す。

「これに甘えて、次々と手助けを願いに来てもろうては困るぞ」

「ご隠居、そこは分かっていますよ」

善衛門が口をむにむにとやる。

「わしは守役じゃ！」

「そうでした、そうでした」

「して、殿が倒した咎人はいかがしたのじゃ」

善衛門に問われて、五味は信平に顔を向けた。

お初の手を借りて北町奉行所に連行した手島多十は、辻斬りの罪と、先手組の侍を六名も斬殺した罰で打ち首が決まったという。

「さすがは信平様と、お奉行が感心しておられた。自ら足を運んで礼をしたいと申されたが、丁重に断っておいた。そのほうが、よかったのだろう」

信平はうなずく。

善衛門が言う。

「気になるのは御公儀だ。昨日参られた紀州のご隠居が、このことを知った御公儀が、殿に厄介な役目を命じないかと心配しておられた。それがしも同じ気持ちにござる。殿、ここはやはり、御隠居が申されたとおり、大名になるのがよろしいですぞ。大名になれば、旗本と違い、御家を守ることと領地の安寧のみを考えておればよいのですから、面倒なことに巻き込まれずにすむ」

信平は、黙っている。

そんな信平を見た五味が、誰に言うでもなく、ぼそりと口を開く。

「大名ね。それはそれで、堅苦しくて面倒そうだな」

信平は薄笑いを浮かべ、善衛門はまた、口をむにむにとやった。

庭の池から水鳥が飛び立ち、外で遊んでいた福千代と、佐吉の息子仙太郎が喜ぶ声が聞こえてくる。

子供たちが遊ぶのどかな景色を見て、信平はこころの中で、穏やかな日が続くことを祈った。

第三話　長い一日

一

「父上、行って参ります」

元気のいい福千代に、信平はうなずく。

この日、松姫と福千代は、徳川頼宣に招かれ、朝から夕餉が終わるまで、隣の屋敷で過ごすことになった。

松姫は、頼宣が信平を誘わぬことが不服な様子だったが、

「気にせずに、ゆるりとして参れ」

信平はそう言って送り出した。

表の庭で見送る善衛門は、池のほとりを歩む福千代に心配そうな顔を向けている。

「若、道中お気をつけて」

守役だけに、思わず出た言葉だろう。

松姫が、くすくす笑った。

向かう先は、庭を挟んだ隣だ。庭の小道を進み、境の土塀に作られた木戸を潜れば、頼宣が隠居暮らしをする屋敷だ。一口で隠居の屋敷と言えば小さいように思えるが、そこは、紀伊五十五万石、徳川御三家の屋敷だ。敷地《しきち》は十三万五千坪もの広さがあり、庭の森に作られた小道を歩んで頼宣がいる御殿まで行くのは、福千代にとっては遠出と言えよう。ゆえに、善衛門は思わず言ったのだ。

侍女の竹島糸から、庭には大きな池もございますし、森には狐やウサギもいますよ、と聞いた福千代は、頼宣に会うことよりも、広大な庭の散策に興味をそそられているようだった。

迎えに来ていた中井春房が信平に頭を下げ、松姫と福千代を連れて行った。

姿が見えなくなるまで見送っていた善衛門が廊下に上がり、寂しそうなため息を吐いた。信平に見られていたことに気付いて、照れ隠しの笑顔を浮かべて言う。

「中井殿の話では、池で鮒《ふな》釣りをするそうですぞ」

「ふむ。福千代は初めてゆえ、釣れるとよいのだが」

「用がなければ、若の供をして手ほどきをしましたものを」

善衛門は濡れ縁の下の池に向かって竿《さお》を振る恰好《かっこう》をした。

信平が言う。

「日々福千代の相手をして疲れておろう。滅多にないことゆえ、ゆっくりしてくるがよい」

「ゆっくりできるとよいのですが、正房《まさふさ》の奴が、何を言うてきますやら」

子宝に恵まれなかった善衛門は、甥の正房を養子に取り、二千石の家督を譲っているのだが、その正房から、相談がございますので番町《ばんちょう》の屋敷にお戻りください、という文が届いたのは一昨日のことだ。

善衛門が苦笑いで言う。

「どうせ、たいしたことではござらぬよ。たまには、共に飯を食べよう、などと言うに決まっておる」

「よいことではないか。本来なら、そなたは番町の屋敷で正房殿と暮らしていたのだ。長きにわたり麿の力になってくれていること、申しわけなく思う」

信平が頭を下げたので、善衛門は慌てた。

「殿、何をおっしゃる。それがしは今が一番幸せなのですから、礼を言うのはこちらのほうですぞ。思い返せば、深川のぼろ屋敷で殿と暮らしはじめた頃は、どうなることかと心配ばかりしておりましたが、ここまで御立派になられた。まして、若君の守役という大役を任されたからには、百まで生きて、鷹司松平家の繁栄を見させていただきますぞ」

信平はうなずいた。

「頼む。長生きをするためにも、たまにはゆっくりしてくれ」

「ははあ」

「そろそろ、迎えが来るのではないか」

「さよう。正房の奴めが年寄り扱いをして駕籠《かご》なんぞをよこすと言うものですから、困ったものです」

庭先に門番の八平《やへい》が現れ、迎えの駕籠が到着したことを告げたのは程なくのことだ。

すぐ行く、と言った善衛門が、信平に顔を向ける。

「では殿、しばしお暇《いとま》をちょうだいします。夜までには戻りますので」

「ふむ。正房殿に、よしなに」

「はは」

善衛門は立ち上がり、自分の部屋に下がった。

江島佐吉と千下頼母は領地の下之郷村からまだ戻っていないので、善衛門が出かけると、御殿はやけに静かになった。

月見台に出て庭を眺めているうちに、ふと、五味正三が新しい役宅に来てくれと言い、いつか行く、と約束したことを思い出した。

久々に、一人で町を歩くのもいい。

部屋に戻って狐丸を腰に帯びた信平は、空色の狩衣姿で外へ出ると、優雅に道を歩みはじめた。

五味は先日来た時、非番月で役宅にいることが多いと言っていたので、急に訪ねても会えるだろう。

そう思いつつ、朝の町を歩んで山王旅所近くの役宅に行き、訪いを入れた。

顔を出したのは五味ではなく、前垂れをつけた女だ。五味から聞いている、富という女中だろう。

信平を初めて見た富は、目を丸くしたまま、時が止まったように動かない。

「五味殿はおられるか」

笑みで問う信平の声で、富は金縛りから解かれたように息をした。

「あ、あいにく、今朝早く急な呼び出しがございまして、奉行所に行かれました」

「さようか。そなたは、お富さんか」

「はい」

「麿は、鷹司信平じゃ」

「旦那様からうかがっていますので、一目で分かりました」

先ほどから、うっとりした眼差しを一瞬たりとも離さないお富が、満面の笑みで言う。

「あの、どうぞお上がりください。すぐにお茶を淹《い》れますので」

「いや、留守なのでまたにいたそう。よしなに伝えてくれ」

きびすを返す信平。

お富は引きとめることなく、道を歩む信平を見つめている。

「なんという、美しいお方」

いいものを見たと言って喜び、家の中に戻った。

信平は赤坂に帰るために楓川を渡って町中を歩み、京橋にさしかかった。

一人狩衣姿で歩く信平を見る者は多いが、気にもせずに京橋をのぼる。てっぺんを越えようとしていた信平は、前から来る若い男の思い詰めた様子に気付き、足を止めた。

「殺してやる。殺して……」

一点を見つめた男は、そうつぶやきながら信平の前を通り過ぎ、京橋を北にくだって行く。

ただごとではない様子に、信平は気になり、男の後ろに付いて行く。

ぶつぶつ何かを言いながら歩く男は、京橋筋から通りを一つ西に入ったのだが、人通りが少なくなったところで、一人の侍を尾行しているのが分かった。

その侍は、金光屋《かねみつや》という袋物問屋に入って行った。

尾行をしていた男は、軒先に長床几《しょうぎ》を置いて商売をする向かいの草餅屋に行くと、空いたところに腰かけた。草餅屋は、店を開けたばかりなのだろう。客は草餅ではなく、熱い茶を一杯飲んで、これから仕事に行くというものばかりだ。

そんな客たちの中で座っている男は、麻の着物と絽織《ろおり》の羽織を着け、商家の若旦那風だ。

注文を聞きに来た若い小女に、なんでもいいから一人前持ってきてくれ、と言い、落ち着かない様子であたりを見回した。

商家の角で様子を見ていた信平は、道行く者がこちらを見て通るのに気付いて移動し、草餅屋に行き、男と少し離れた長床几に座った。

男に草餅と茶を出した小女が注文を取りに来たので、信平は草餅と茶を頼んだ。

程なく出された草餅は、深川の富岡八幡宮《とみおかはちまんぐう》門前でよく食べていた、友林堂《ゆうりんどう》の味を思い出させた。

これは後から聞いたことだが、当時松姫は、夫婦でありながら、共に暮らせぬ信平に会いたい一心で屋敷を抜け出して商家の娘に成りすまし、竹島糸と大川を渡って深川まで行くと、そば屋の二階で通りを見ていた。

道場仲間に誘われた信平が友林堂に来たのを見つけた松姫は、急いで外に出て、再会を果たしたのだ。

信平は、松姫に会えた時の喜びを思い出しながら、草餅を食べた。

さりげなく、男に眼差しを向けると、横に置かれた餅と茶に手を付けることなく、黙然と座っている。

金光屋から出てきた者を目で追い、見張っている様子の男は、草餅屋の小女が不思議そうな眼差しを向けていることにも気付かないようだ。

その男が動いたのは、四半刻（約三十分）もたたない時だった。

金光屋から出てきた侍に気付かれないよう背を向けて顔を隠し、侍が来た道を帰るのを見るや尾行をはじめたので、信平は代金を置いて腰を上げた。

尾行されている侍は、京橋を南に越えて大通りを歩み、芝口橋を渡って、二つ目の辻を右に曲がった。

町を抜ければ、その先は武家屋敷が並ぶ。人気がなくなることに焦ったのか、尾行をしていた男はあたりを見回し、懐に手を入れた。

すれ違った女がぎょっとして、悲鳴をあげた。

男は急にわめき声をあげて、前をゆく侍に向かって走る。

振り上げた右手には、ぎらりと光る包丁がにぎられていた。

「殺してやる！」

信平の耳にはっきり聞こえた時、狙われた侍が振り向き、咄嗟に手で防いだ。

包丁で腕を切られたらしく、侍の手首に血が流れる。

「おのれ！」

怒りの声をあげて抜刀した侍に、男が叫ぶ。

「お前のせいだ！　殺してやる！」

狂ったような声をあげて、男は切りかかった。

侍は刀を振るい、男を斬った。

包丁をにぎる腕に怪我を負った男がひるんだので、侍は蹴り倒し、鼻先に刀を向けて動きを制す。

「わしに逆らうとどうなるか、思い知らせてやる」

手討ちにせんと刀を振り上げたところへ、信平が止めに入った。

「やめよ。子供が見ている」

狩衣姿の信平を見た侍は、ただならぬ相手と察したらしく、刀を引いた。

通りの野次馬に顔を向け、その中に幼い子供がいると気付いた侍は、信平を一瞥して刀を鞘に納め、無言で走り去った。

呻き声に信平が顔を向ける。

男が腕を押さえてうずくまり、痛みに耐えかねて声をあげていた。着物が血で染まっている。

信平は、商家の軒先にいた者に声をかけた。

「近くに医者はおらぬか」

「おられます」

店のあるじと思しき者が言い、手代に案内を指図した。

応じた手代が二人駆け寄り、男に肩を貸して立たせ、医者に急いだ。

信平も付いて行く。

医者は、増上寺大門近くの七軒町《しちけんちょう》に暮らす者で、担ぎ込まれた怪我人を見るや、それまで診ていた老婆に薬を与えて帰し、すぐに手当てをはじめた。

白髪の髭《ひげ》をたくわえた医者の名は神保《じんぼう》といい、このあたりでは評判の者だと手代が教え、怪我人を安心させた。

手代はすぐに帰ろうとしたので、信平が呼び止めた。

男が傷を触られて悲鳴をあげたので、信平は手代たちを廊下に促す。

「すまぬが、北町奉行所まで行き、与力の五味正三にここへ来るよう伝えてくれ」

応じた手代が、恐縮して訊く。

「お公家様のお達しだと、申し上げればよろしいでしょうか」

「すまぬ。まだ名を言うていなかった。鷹司信平が呼んでいると伝えてくれ」

手代の二人は信平のことを知らないようだ。名前を復唱して、北町奉行所へ走った。

神保は名を知っていたらしく、手を止めて、丸くした目を信平に向けている。

振り向いた信平と目が合うと、慌ててそらし、手当てに戻った。

「傷の具合はどうじゃ」

訊く信平に、神保は顔を向けずに答える。

「傷は深いですが、幸い血筋が斬られておりませぬので、命は助かります」

「それは何より」

程なく手当てが終わり、神保は男に、しばらく横になっていろと言い、信平に頭を下げ、別の部屋で待っている患者のところへ行った。

信平は、落ち着いた様子の男に歩み寄る。

「包丁で侍を襲うとは、よほどの想いがあってのことであろう。そなた、名は」

「…………」

男は暗い顔をそむけ、しゃべろうとしない。

「何があったのか、麿に話してみぬか」

「…………」

何も言わぬ男は、肩を震わせて、悔し涙を流した。

このままにしておけば、また侍を襲うかもしれないと思った信平は、腰から狐丸を外して部屋の片すみに正座し、五味を待つことにした。

別室から、神保と話をする男の声が聞こえる。

酒を控えぬと、次からは診《み》ないと言われた患者が、それだけは勘弁してくれと頼み込んでいるようだ。

五味が来たのは、昼の九つ（十二時）頃だった。

「呼び出してすまぬ」

「いやいや」

五味は、なんてことはない、と言って、神妙な顔で歩み寄る。

「斬り合いだって？」

「そこの者が、侍に襲いかかって怪我をしたのだ。尋常でない様子ゆえ、放っておけぬ」

五味は、部屋で横になっている男のそばに行き、顔をのぞき込むなり目を見張った。

「喜助《きすけ》、喜助ではないか！」

男が、はっとして起き上がった。

「五味様……」

「お前、正気か」

「……」

喜助はふたたび顔をそむけて、横になった。

「おい喜助、どこの誰を襲ったのだ」

喜助は言おうとしない。

「黙っていては何も分からんだろう」

五味が起こそうとしたが、信平が止めて言う。

「金光屋という袋物問屋から出てきた武家の男を襲い、返り討ちにされかけた。人が大勢いる中での凶行ゆえ、尋常ではない。相手が武家ゆえ、しばらく牢屋《ろうや》に入れて頭を冷やさせたほうが、この者のためになろう」

「牢屋か……」

五味はためらう様子を見せた。

察した信平が、目顔で外へ誘い、先に部屋から出た。

共に廊下の曲がり角へ行くと、

「喜助は、哀れな男なのだ。劣悪な牢屋へ入れるのは、気が引ける」

ため息交じりに五味が言い、喜助の素性を教えた。

それによると、米屋の長男だった喜助は、近々嫁を迎えて家業を継ぐはずだったのだが、慎太郎《しんたろう》というろくでなしのせいで、人生が悪い方向に向かっていた。

それは、ある晴れた日に起きた。

慎太郎が米屋の前を通りかかった時、米俵を担いでいた手代がうっかりぶつかってしまい、共に道へ倒れた。この時、俵が足に落ちた慎太郎が怪我をして激怒し、無礼打ちにすると言って刀を抜いたのだ。

ここまで言った五味が、腕組みを解いて戻り、障子の角から顔を出して喜助の様子をうかがい、信平に向き直って小声で言う。

「怪我と言ってもかすり傷だったのだが、相手が悪すぎた。慎太郎は、旗本五千石、鈴尾《すずお》筑後守《ちくごのかみ》の三男で、評判の無法者だ。手代を助けようと父親が止めに入り、必死にあやまって薬代を渡したので斬られはしなかったのだが、その後がいかん。三日に一度は店に現れ、薬代をせびるようになったのだ」

「では、先ほど襲った相手が、慎太郎とやらであったか。包丁で切りかかるとは、よほど腹に据えかねていたのであろう」

信平が言うと、五味がはっとして、喜助のところへ行った。

「おい喜助、お前が襲ったのは鈴尾慎太郎だな」

「…………」

「なぜだ。気が優しいお前が殺したいと思うほどのことがあったのか」

喜助が涙目を向けた。

「おとっつぁんが首を吊ったのです」

「何！　それを早く言え。左平《さへい》は死んだのか！」

目を丸くする五味に、喜助は首を横に振る。

「おっかさんが気付いて助かったのですが、死なせてくれと言って泣くおとっつぁんを見ていると、どうしても、慎太郎が許せなくて」

「それで、包丁を持って飛び出したのか」

こくりとうなずく喜助を、五味は哀れんだ。

「馬鹿なことをしたな。まさか、慎太郎に怪我をさせてはいないだろうな」

「…………」

悲壮な顔をする喜助に、五味は顔をしかめた。

「させたのか。それではお前、ただではすまんぞ」

「わたしはどうなろうと構いませんが、家のことが心配です」

「よし、おれが見てきてやるから、お前はここに隠れていろ。いいな」

「はい」

「動くなよ。いいな」

念を押した五味が立ち上がった。

「麿も参ろう」

信平が言うと、五味が明るい顔で目尻を下げた。

二

喜助の家は、京橋南の弓町《ゆみちょう》にあるのだと、信平は五味から教えられた。

五味の案内で米屋を訪ねたところ、店は表の上げ戸を閉め、商売をしていなかった。

長らく店を閉めているのか、戸の下には砂埃《すなぼこり》が溜《た》まっている。

五味が戸をたたいて訪う。

「北町奉行所の者だ。誰かおらぬか」

すぐに返事がして、潜り戸が開けられた。顔を出した若い手代が、五味に頭を下げて訊く。

「もしや、若旦那に何かございましたか」

「そのことはあとだ。それより左平はどうしている。喜助から首を吊ろうとしたと聞いている」

「はい。そのとおりでございます。旦那様はご無事ですが、部屋に籠もられたままです」

「店はいつから閉めているのだ」

手代は寂しそうな顔をした。

「もうひと月になります」

「そんなに休んで大丈夫なのか」

「不安ではございますが、稼いだ金を人に取られるくらいなら店をたたんだほうがいいと、旦那様がおっしゃいましたもので」

「左平に会わせてくれ」

「はい、どうぞ」

引き入れられた五味に続いて信平が入ると、手代はこの時になって気付いたらしく、目を丸くした。

動揺する手代に、五味が言う。

「おれの友だ。頼りになるお方ゆえ、安心しろ」

「はい」

頭を下げた手代は、こちらにどうぞ、と言って、信平と五味を奥の客間へ案内した。

左平と、喜助の母親のいくが揃って客間に来たのは、程なくのことだ。

「五味様、お待たせしました」

「左平、首を吊ろうとしたそうだな。大丈夫か」

左平は物悲しげな顔で目線を下げ、信平に眼差しを向けた。

「あのう、こちら様は」

「おれの友の、鷹司信平殿だ」

夫婦は揃って頭を下げ、左平が顔を上げて言う。

「さすがは五味様。お公家様が、ご友人でございますか」

「信平殿のことを知らんのか」

「申しわけございません。狭い町の中だけの商売でございますので」

「そうか。信平殿は公家の出だが、今は直参旗本だ」

「御旗本？」

「うむ。縁あって長い付き合いをさせてもらっているが、三代将軍家光公の義弟だ」

「な、なんですって！」

左平といくは仰天し、揃って廊下に出て頭を下げるので、信平は困り顔をした。

「麿が勝手に参ったのだから、そのようにかしこまらずともよい。さ、中へ」

「め、滅相もございません」

恐縮しきりの左平に五味が言う。

「信平殿はこのとおりおおらかなお人だから、遠りょはいらんのだ。そこでは話をしづらいので中に入れ」

夫婦は顔を見合わせて、言われるとおりに客間へ入り、信平の前に並んで正座した。

五味が言う。

「喜助だが、無茶をした」

するといくが、身を乗り出して訊いた。

「あの子は、今どこに？」

「無謀にも鈴尾慎太郎の命を奪おうとして怪我を負い、今は七軒町の神保という医者のところで養生をしている」

「刀で斬られたのですか！」

母親が悲鳴に近い声をあげたので、五味が、落ち着け、と声を大にした。

「安心しろ。腕に深手を負っているが、死にはせぬ。たまたま町に出ていた信平殿が喜助のことを気にかけておらねば、喜助は今頃、棺桶《かんおけ》の中だ」

事情を知った左平といくが、信平に両手をつく。

「息子を助けていただき、ありがとうございます」

礼を言う左平に、信平は首を横に振る。

「当然のことをいたしたまで。心配なのはご子息のことじゃ。今のままでは、ふたたび鈴尾慎太郎を襲うやもしれぬ。ゆえにこれから先は、自ら命を絶とうなどということは、せぬことじゃ」

悲壮な顔をする左平の袖を、いくが引く。小声で、お前様、あのことをご相談しましょう。と言ったが、左平は戸惑った。

五味が口を出す。

「左平、他にも何かあるのか？　あるなら言ってみろ」

左平はいくと顔を見合わせてうなずき、信平に言う。

「もうどうしたらよいか分からなくなり、いっそのこと、みなで心中をしようかと話していたところでございます。実は、お二方がおみえになる少し前に、鈴尾慎太郎様の使いが来られて、慎太郎様が喜助に襲われて怪我をされたので、家中は騒ぎとなり、武士の面目を保つため、喜助の首を取るという声があがっている。しかし、慎太郎様はそれをお望みでないゆえ、引き換えのものを差し出せと……」

左平がたまらず嗚咽《おえつ》をあげ、いくも口に手を当て、涙を流した。

信平が訊く。

「引き換えのものとはなんじゃ」

「娘を、女中奉公によこせと、言われました」

いくが引き続き言う。

「娘のおこまは、縁あって来春に嫁ぐことが決まっているのです。慎太郎様は、五味様もご存じのとおりの無法者。言うとおりにすれば、娘がどのような目に遭わされるか。そのようなところに行かせるくらいなら、娘をこの手にかけて、ご先祖様のところへ行こうかと……」

いくは自分の両手を見つめ、悔し涙を流した。

「馬鹿なことを考えるな。よいな」

五味が言うと、左平は首を横に振り、いくの震える手をにぎって言う。

「もう、どうにもならないのでございますよ。手代の不注意で、慎太郎様の足に怪我をさせてしまったのが運のつきでございます」

「しかしあれは、かすり傷だったのだろう」

「それはそうなのですが五味様、足が痛い、薬代をよこせと言われてしまえば、怪我をさせてしまったほうにとりましては、従うしかないじゃございませんか」

「限度というものがあろう。いったい、これまでいくら渡したのだ」

「百と五十両ほど」

「何！　そんなに取られたのか」

「もう、米を仕入れる金もございません。娘の嫁入り支度に貯《た》めていた銭に手を出してはいけないと思いながら、つい。先方もそれをご存じですので、このたびは、娘を差し出せと言われたのでしょう。もう、たたいても振るっても、何も出ません」

「だからといって、死んではいかんぞ、死んでは」

「相手が相手だけに、もうそれしか逃げる手がないと思ってしまったのでございます」

「駄目だ、死んではいかん」

「では五味様、どうしろとおっしゃいますか」

五味が不機嫌な顔で鼻息を荒くした。

「それを今から考えるのだ。そうでしょ、信平殿」

「ふむ」

「喜助がしたことにかこつけて妹を差し出せとは、とんでもない奴らだ」

信平は、五味の言葉が気になり顔を向けた。

「奴らとは、どういうことだ」

「慎太郎には仲間が二人いる。一人は橋爪周生《はしづめちかお》という旗本の次男で、この者はたいしたことはないのだが、もう一人の筑葉主水《ちくばもんど》という男は、剣もかなりの腕前らしい。慎太郎が頭の三人組は、商家を脅して金を巻き上げる無法者で、家の者は見放していると聞いている。奉行所でどうにかなるものならひっ捕らえて牢屋に入れてやりたいところだが、三人とも、腐っても旗本の子息だ。手が出せない」

信平はうなずき、冷静な眼差しを夫婦に向けた。

「左平」

「はい」

「しばらく店を休む気ならば、ここにいないほうがよい。匿《かくま》ってくれる身よりはおらぬか」

「逃げても、無駄ではないかと。あの三人組は恐ろしい人たちです。必ず見つかります」

「無法者は、麿が放ってはおかぬゆえ、しばらく身を隠せ。娘のためじゃ」

するとと五味が、手を打ち鳴らした。

「喜べ左平。この信平殿は、悪党を許さぬお方だ。旗本のぼんくらどもなど、すぐに成敗してくださる。だから、安心して隠れていろ」

左平は考えて、五味に顔を向けた。

「浅草の商家にわたしの妹が嫁いでおります。その家は千住《せんじゅ》に別宅を持っておりますので、そこへ隠れさせてもらえないか頼んでみます」

「うむ。ならばおれも行ってやろう」

与力の五味が口添えを請け負ったので、左平夫婦は安心した笑みを浮かべた。

支度をすると言って、夫婦が客間から下がった。

信平は、気になっていたことを五味に言う。

「鈴尾慎太郎が出入りしていた金光屋が気になる」

「金光屋はここから近い。待つあいだに行ってみるか」

「ふむ」

五味が先に部屋を出て、左平に待っているよう告げた。

信平は、五味と共に店を出ると、京橋を越えた。

朝と変わらぬ様子で商売をしている金光屋を訪ねると、店の者はやはり、狩衣姿の信平にまず驚く。

慣れている信平は、飄々《ひょうひょう》としているのだが、出迎えたあるじは、須左衛門《すざえもん》と名乗り、五味に満面の笑みを向ける。

「五味様、ありがとうございます。お公家様のお気にめすかどうか分かりませぬが、京に負けぬ品を揃えてございます」

「ええ！」

五味はおかめ顔に苦笑いを浮かべて首を横に振る。

「道を聞かれて案内してきたのではない。このお方は、こう見えて将軍家御旗本だ」

「お前も知らぬか。三年という年月は、短いようで長いのかな」

「あのう……」

「いや、なんでもない。とにかく、御旗本だ。今日はな、同じ旗本のことで訊きたいことがあるとおおせなので、案内して参った」

そこまで言った五味は、須左衛門におかめ顔を近づけて、小声で信平の身分を明かした。

「あっ！」

どうやら信平の名は知っていたようだ。須左衛門は、口を開けたまま動かなくなった。

五味が背中をたたく。

「息をしろ」

「は、はい」

須左衛門が慌てて客間に案内すると言ったので、信平と五味は揃って付いて行き、客間に入った。

家の者が慌ただしく茶菓を出してもてなすので、信平は一段落するのを待ち、五味にうなずいた。

応じた五味が、緊張した面持ちで下座に正座している須左衛門に言う。

「今日来たのは、鈴尾慎太郎殿のことだ。ここに出入りしておられるようだが、どのような関わりがある」

途端に、須左衛門の顔色が曇った。

何かある。

五味がそういう目顔を向けたので、信平はうなずいた。

五味もうなずき、須左衛門に顔を向ける。

「悪い噂をいろいろと耳にするが、何か、よからぬことに巻き込まれておらぬか。もしそうなら、隠さず申せ」

「実は、どうにも困っております」

須左衛門が居住まいを正して信平に両手をつき、これまでのことを述べた。

金光屋は、須左衛門の代から橋爪家に出入りを許され、季節ごとに袋物を揃えて出向いていたのだが、先月、次男の周生が店まで足を運び、母親のために夏物の袋を買った。

珍しいことがあるものだと番頭と言いつつ、親孝行はいいことだと気分を晴れやかにしていた。ところが、周生はその日のうちに、買った袋に縫い針が残っていて、怪我をしたと言って怒鳴り込み、自分が気付かなければ母親が怪我をしていた。父上を怒らせたらどうなるか分かっておろうな。と、脅し、黙っていてやる代わりに、品川にある金光屋の別宅と金を取っていた。

話を聞いていた五味が怒った。

「見え透いた言いがかりではないか。まさか、今日鈴尾慎太郎がここへ来たのは、金のことか」

「はい。口止め料の追加でございました。けれども五味様、わたしはお金のことより、連れて行かれたままになっている下女がどのような暮らしをしているのか、そればかりが気がかりでございます」

「下女を連れて行かれただと」

「はい。身の回りの世話をする者がいると申されて、連れて行かれたのですが、嫁入り前の器量好しでございますので、手籠めにされでもしていれば、哀れでなりませぬ」

悲しげな顔をする須左衛門に、信平が言う。

「別宅の在所を教えてくれ」

すると須左衛門が、すがるような顔を向けた。

「お助けくださいますか」

「ふむ。下女の名は」

「さよと申します」

信平はうなずき、立ち上がった。

五味も立ち上がり、須左衛門に訊く。

「金はいくら渡したのだ」

「これが最後と申され、百両ほど望まれました」

「百両！」

五味が目を見張る。

「そいつは大金だな。いったい、何に使っているのだ」

「酒と女でございましょう。特に橋爪様は、家に籠もって酒ばかり飲まれているご様子で、今朝も、慎太郎様が代わりに来さされたと、不機嫌におっしゃっていましたから」

「ろくでなしめ」

「最後というのは信用できるものではございません。また、次があろうかと」

「安心しろ。信平殿が終わりにしてくれる」

「ははあ。信平様、どうか、どうか、お助けくださいまし」

須左衛門は、両手をついて頭を下げた。

「あい分かった」

信平は引き受けて立ち上がる。

五味と共に金光屋から出て、弓町まで帰った。

赤坂へ向かう辻で立ち止まり、五味に言う。

「喜助のことも頼む」

「任せてくれ。さよという下女は、どうやって助け出す。今から品川の別宅へ乗り込むのなら、一気に片をつけにおれも行くぞ」

「いや、まずは鈴尾家のことを調べる。乗り込むのは、鈴尾家当主の人となりが分かってからにいたそう」

「さすがの信平殿も、五千石には気をつかうか」

信平は微笑で応じ、五味と別れた。

三

金光屋の別宅は、北品川の御殿山《ごてんやま》が望める宿場のはずれにある。

旅人が行き交う東海道から山側へ向かう道は、旅籠《はたご》に泊まる客たちでにぎわっている。

その人混みを抜けて歩みをすすめるのは、旅の行商人に変装した鈴蔵だ。

何げない様子で道を歩み、路地へ曲がると、板塀で囲まれた別宅の裏手に回る。平屋の藁《わら》ぶきは外から見えるが、敷地内の様子を見ることはできない。

鈴蔵は板塀のほとりを歩み、裏の木戸をたたいて訪いを入れた。

「旅の薬屋でございます。秘伝の妙薬はいかがでございましょうか」

返事はない。

もう一度同じ触れ込みをして、路地を歩んできた地元の住人らしき男に愛想笑いをして薬をすすめていると、木戸が開けられた。

顔を出したのは、顔色が悪い若い男だ。面長で目が細く、鼻は鷲鼻《わしばな》。薄い唇を面倒そうにゆがめて、鈴蔵を睨みながら言う。

「おい薬屋。頭痛に効く薬を持っておらぬか」

男からは、酒の匂いがする。

鈴蔵は、この者が信平から聞いた、酒好きの橋爪周生に違いないと思いつつ、気の毒そうな顔をつくった。

「二日酔いでございますか」

「そうだ。あるのか、ないのか」

辛そうな男に、鈴蔵は笑みで答える。

「秘伝の妙薬がございます」

「一つくれ」

「かしこまりました。水出しでございますので、すぐ飲まれますなら煎じて差し上げたいのですが」

「よし、入れ」

「では、失礼いたします」

鈴蔵は、旅の薬屋になりきっている。

疑われることなく台所に入り、水瓶《みずがめ》のところに行きながら、家の中の様子を探る。

「お武家様、茶瓶《ちゃびん》を使わせていただきたいのですが」

「どこかにあろう。勝手に探せ」

男は板の間に上がり、ごろりと横になった。

鈴蔵は、他に人がいないか気配を探りつつ、茶瓶に薬草を適当に入れ、瓶の水を柄杓《ひしゃく》ですくって移した。

「これを湯飲みに一杯お飲みになれば、すぐ楽になります。二日酔いでしたら、胸やけ、胃《い》の腑《ふ》の痛みに効く妙薬をお付けしましょう。ささ、どうぞ」

薬水を入れた湯飲みと、胃薬と称した丸薬を差し出すと、男は疑いもせずに丸薬をつまんで口に入れ、薬水を飲み干した。

喉が渇いていたらしく、旨そうな顔をする。

「良薬口になんとやらと申すが、これはなかなか良い味だな。もう一杯くれ」

「はいはい」

言われるまま満たしてやると、男はきれいに飲み干し、満足そうにうなずく。

「胸やけが楽になった。このような薬、初めて飲んだぞ」

「秘伝の妙薬でございますもので。たんまりありますが、いかがでございますか」

「おお、くれ」

「ありがとうございます。では、煎じ方をお教えいたしますが、台所を預かるお女中はおられますか」

「待て、今呼ぶ。薬はいくらだ」

「いかほど置かせていただけますでしょうか」

「おぬしは旅の者か」

「はい。明日には、東海道を西へ向かいます」

「そうか。ならば今飲んだのを、ある分すべて置いて行け」

「よろしいので！」

「うむ。いくらだ」

「値引きさせていただいて、二千文ほどになります」

「値引きなどよい。これを取っておけ」

男は袂から出した一両小判を投げ置き、薬は下女に渡せと言って、板の間から出て行った。

「さよ、台所へ参れ」

奥で男の大声がすると、程なく勝手口に下駄《げた》の音がしたので、鈴蔵が顔を向ける。するると、麻の着物に藍染の前垂れを着けた女が戸口に立ち、くるりとした愛くるしい目を鈴蔵に向け、驚いた顔をした。まだ十五、六の娘だ。連れてこられて、さぞ不安な毎日を過ごしていたに違いない。鈴蔵に向ける眼差しは、助けて、と、叫んでいるように思えた。

板の間と奥の廊下を隔てる襖の向こうに、こちらをうかがう気配を察した鈴蔵は、女に白い歯を見せて、薬を床に置いた。

「こちらの旦那に、これを買っていただきました。煎じ方を覚えていただきたいのですが。なあに、難しいことではございません」

奥に聞こえるよう大きな声で言った鈴蔵は、薬を煎じる支度にかかった。すると、襖の向こうの気配が消えた。

鈴蔵は、歩み寄った女に声を潜める。

「さよさんだね」

「えっ」

目を見開くさよに、鈴蔵は、助けに来たことを教えた。

「今の男の他に、何人いる」

さよは怯えた顔をして、目を潤ませた。

「必ず連れ出してやるから教えてくれ」

「今は橋爪様お一人だけです」

「それは好都合だ。今のうちに逃げるぞ」

さよは首を横に振った。

「見つかれば殺されます」

「大丈夫。もう少しでこいつが効いて、高いびきだ」

鈴蔵は、胃薬だと言って飲ませた丸薬を見せた。

「眠り薬だ」

板の間に上がって襖を開けた鈴蔵は、猫のように足音を消して廊下を歩み、奥の部屋を探った。

橋爪周生は薬が効いたらしく、部屋で眠っている。

戻った鈴蔵は、薬草を薬箱に戻して荷を背負い、さよの手をつかんで勝手口から出ると、裏の木戸へ向かった。路地に顔を出して様子を探り、東海道側ではなく御殿山側に走り、目黒川の上流へ逃げた。

途中で、鈴蔵はさよから、慎太郎の振る舞いを聞き、殺気立っていたこころが和らいだ。連れて行かれた日から今日まで、誰からも辱めを受けていなかったのだ。ただ、毎晩のように遊び女を連れ込んで朝方まで酒宴をするせいで、まともに眠った日がなく、疲れ切っていた。

厳しい日差しの中を赤坂まで歩くのは酷だと思った鈴蔵は、途中の町で駕籠を雇って乗せてやった。するとさよは、駕籠に揺られて気持ちよくなったのか、居眠りをはじめている。

あどけなさが残る顔に笑みを浮かべた鈴蔵は、駕籠かきにゆっくり行くよう言い、信平が待つ赤坂の屋敷へ帰った。


夕暮れ時になって、鈴尾慎太郎は、筑葉主水と共に外出先から戻ってきた。

表でさよの名を呼んでも現れないので、慎太郎が険しい顔をする。

「まさか周生め、手籠めにしていまいな」

急いで裏手に行ってみると、周生は部屋で大の字になり、高いびきで眠っていた。

「おい！」

慎太郎が揺すり起こしたが、まったく起きる気配がない。

そこへ、台所へ行っていた主水が戻ってきた。

慎太郎が苛立ちの声をあげた。

「こやつ、酔うて起きぬ」

主水が周生の様子を探り、渋い顔を向けて言う。

「さよは台所にもおらぬ」

「さては、こやつが寝ている隙に逃げたか。おい、起きろ！」

慎太郎が頬をたたいても起きないので、主水が不思議そうな顔をした。

「酔って寝ているにしては、様子が変だな。妙な薬でも飲まされたか」

主水の言葉に、慎太郎がはっとした。

「まさか、何者かがさよを助けに来たのか」

「金光屋は、さよのことを心配していたのだろう？」

「うむ。しつこいほどにな。金光屋のさしがねか」

信平が動いていることを知るはずもない主水は、うなずいた。

「おそらく、そうであろう。誰かがさよに眠り薬を渡しに来たかもしれぬ」

「まんまと飲まされるとは、油断しおって」

「我らもなめられたものだ。金光屋めを斬るか」

腰の刀に手を添えて言う主水を、慎太郎は止めた。

「放っておけ。商人を斬ったところでなんの得にもならん。女中など、また連れてくればいい。それより、次の金づるを探さねばな。金光屋からは、たたいても金は出まい」

「米屋の娘を吉原《よしわら》へ売ろうではないか。あの上玉ならば、百両は取れよう」

「二百両だ。すでに話をつけている」

主水が鼻先で笑う。

「さすがだ。手回しがよいではないか」

「当然だ。おこまは前から目を付けていた。我らのものにする口実を探っていたところへ、喜助の奴が現れた。おれも悪運が強い」

慎太郎はほくそ笑み、さらしの包帯を巻いた左腕を上げて見せた。

主水も悪い笑みを浮かべる。

「尾行に気付かぬお前ではない。さては、知っていてやられたな」

「そういうことだ。思わぬ邪魔が入ったが、さすがに喜助を殺すのは気が引けたので去るには丁度よかった」

「気がかりなのは、縁談が決まっている娘を左平が大人しく差し出すかだ」

「喜助の首がかかっているのだ。差し出さずにはおれまい」

「一家で夜逃げということもある。見張りをつけるか」

「それもぬかりはない。使いに出した橋爪の家来が、そのまま見張っている」

慎太郎は余裕で言っていたが、程なく戻った周生の家来が、左平一家が千住へ逃げたことを告げた。

主水が、やはり逃げたか、と言い、慎太郎にどうするのか問う。

「しれたことよ。千住まで行けばいい。坂巻《さかまき》、潜伏先は突き止めているのだろうな」

走って帰った坂巻は、大きな息をして呼吸を整え、険しい顔で告げる。

「突き止めてございますが、町方の与力が関わっております」

「何、与力だと」

「はい。喜助を助けに入った公家らしき者と共に左平を訪ねてきましたので、逃げたのは、その者たちに言われたからではないかと」

主水が訊く。

「その与力は、今もいるのか」

「共に家に入ったままですので、おそらく今夜は泊まるものかと」

慎太郎が言う。

「お前がここへ戻るあいだに、帰っているかもしれぬではないか」

「それは、そうですが」

顔をうつむける坂巻。

主水が、慎太郎に顔を向ける。

「いずれにしても、町方が出てきたのは面倒だ。公家の男も気になる。正体を確かめたほうがよいのではないか」

「公家風情がいらぬことをしおって。あの場で斬っておくべきだった」

悔しそうな慎太郎は、坂巻を睨んだ。

「そやつも千住にいるのか」

「いえ、おりませぬ」

「ふん、町方に任せて知らぬ顔か」

主水が言う。

「当座の金はある。ここは、左平の娘をあきらめたほうがよいのではないか。町方ともめるようなことになれば、親父様と兄様が出てくるぞ」

「ふん、くそくらえだ。おれを邪魔者扱いして追い出しやがったのだ。町方ともめて家名に傷がつくなら本望だ」

慎太郎は、父親の話になると人が変わったように苛立ち、周生が抱いている酒の徳利《とつくり》を取り上げて、栓を抜いてがぶ飲みした。

主水が徳利を奪い、険しい顔をする。

「親兄弟が憎いのは分かるが、ここは抑えろ。町方ともめては、この先思うように動けなくなる。おこまはあきらめて、金があるうちに次の獲物を見つけようではないか」

舌打ちをした慎太郎が、徳利を奪い返す。

「分かった。貴様の言うとおりにする。だが、金は長くはもたぬぞ」

「そこよ。次は大口がいいだろう。日本橋あたりの大店を狙うか」

「そいつはいい考えだ」

酒を飲み、徳利を主水に渡した慎太郎は、懐から出した小判を坂巻の膝元に投げた。

「三滝屋《みたきや》に言いつけて、酒宴の支度をさせろ。女どもを連れてくるのを忘れるなよ。とびきりいい女を出せと、三滝屋に言え」

「かしこまりました」

坂巻は小判を拾い集め、酒宴の支度に走った。

四

赤坂の屋敷では、暮れ時に戻った葉山善衛門が、信平から鈴尾慎太郎のことを聞き、難しい顔で腕組みをした。

「なるほど、そのようなことがございましたのか。裏方に見知らぬ娘がおるのは、商家の下女でござったか。筑後守殿も、馬鹿息子のせいで頭が痛いでしょうな」

信平はうなずいた。

「これ以上の悪事を許すわけにはいかぬ。善衛門は、筑後守殿を知っているか」

「昔から、よう知っておりますぞ」

「捕らえて筑後守殿に引き渡そうと思うが、息子の非を認めて、商家から奪った金を返すほどの器を持っておられようか」

「たいそう真面目なお人でございますので、大丈夫かと。奇遇なことに、昼間に正房から筑後守殿のことを聞いておりました。忠義とお人柄を認められて、近く大番頭《おおばんがしら》になることが決まったそうにござるから、きっちり片をつけられましょう」

「大番頭……」

「さよう。江戸城二ノ丸の警備のみならず、江戸府内の巡視をする組衆の頭領となられるのですから、息子の悪事を見逃しては、配下の者に示しがつきますまい。ゆえに殿、遠りょはいりませぬぞ。筑後守殿のご気性ならば、たとえ血を分けた息子であっても、必ず罰を与えられましょう。さすれば、慎太郎も目が覚めるはず。元は、悪い人間ではないですからな」

「慎太郎のことも知っているのか」

「はい。正房と筑後守殿が、以前に交流がございましたからな。慎太郎がまだ十二歳の頃だったか、番町の屋敷に連れてこられたことがありました。その頃の慎太郎は素直で勤勉、父親に似て、真面目を絵に描いたような子供でござった」

「そのような者が、何ゆえ悪事を働くようになったのだ」

「それがなんとも、哀れなことでござるよ。御家を継ぐ兄のことを嫉《そね》み、性根がねじ曲がってしもうたのです。いろいろござったようで、見かねた筑後守殿に勘当されてしまいました。何をしているのか気にかけてはおりましたが、まさか、ゆすりたかりをしておろうとは」

善衛門は、口をむにむにとやった。怒った時にする癖だ。

「愚か者でござるよ、慎太郎は。二十歳になったのを機に、千石の旗本から婿養子に望まれ、願ってもない良縁に恵まれたというのに、何を思うたか、急に素行が悪くなりましてな。吉原へ入り浸り、酒に酔っては喧嘩《けんか》を繰り返す。悪い噂はすぐに広まるのが世の常で、行儀の悪さが筑後守の耳に入ったのが、勘当された理由です」

激怒した筑後守は、このような馬鹿息子を婿養子に入れては鈴尾家の恥だと言い、せっかくの良縁を破談にし、慎太郎を身一つで屋敷から追い出したのだ。

金もなく、行くところもない慎太郎は、悪友の橋爪周生を頼り、橋爪家の別宅に暮らしていたのだが、父親への逆恨みから素行の悪さは増していき、遊ぶ金欲しさに、ゆすりたかりをはじめたのだ。

信平は、一つ息を吐いた。

「根が真面目ならば、生きる道を正してやれば、立ち直れようか」

「おそらく」

「ならば、今のうちに捕らえよう」

「それがしもお供をしますぞ」

信平はうなずき、狐丸を手に立ち上がった。

「鈴蔵、案内をいたせ」

「はは」

廊下に控えていた鈴蔵が、先に外へ出て行く。

部屋から出た信平は、控えているお初に顔を向けた。

「留守を頼む。松には、心配せぬよう伝えてくれ」

「かしこまりました」

信平は善衛門を従えて、赤坂の屋敷を出た。


金光屋の別宅では、目を覚ました橋爪周生が、さよが逃げたことに驚きを隠せないでいた。

「あの薬屋めが、おれに眠り薬を盛ったと言うのか。信じられん、どう見ても、旅の商人であったぞ。むしろ、これまで引き入れた者のほうが、怪しいところがあった」

主水が馬鹿にして笑う。

「それは、その者どもがうさん臭い薬を売っていたからであろう。飲んでも効かぬと、ぼやいておったではないか」

「それを言うな」

「つまらぬ争いはやめろ。酒がまずくなる。小便臭いさよのことなど、どうでもよいではないか。のう」

慎太郎は女を抱き寄せて、朱塗りの盃を口に運び、飲ませてやった。

「んぅん。おいしい」

妖艶な眼差しを向ける女に、慎太郎は笑みを浮かべる。

「三滝屋の料理はまずいが、お前は、いい女だな。気に入った。二人で別の部屋へ行こうか」

「あい」

「よし」

盃を投げ置いた慎太郎は、女の手を引いて廊下に出ようとした。その時、座敷《ざしき》の下座で酒を飲んでいた坂巻が、外に気配を察して顔を向けた。

「うん？　いかがした、坂巻」

「誰かいます」

筑葉主水も気付き、盃を刀に持ち替えて廊下に出る。

「そこにおるのは誰だ！」

表の庭の闇に目を向けている者たちの前に歩み出たのは、薬屋の恰好をした鈴蔵だ。

「あ！　貴様！」

周生が、昼間の薬屋だと声をあげた。

慎太郎が女の手を離し、刀を取って廊下に出た。

「貴様がさよを逃がしたのか」

鈴蔵が笑みを浮かべる。

「さようでございます」

「おのれ」

慎太郎が怒り、坂巻に顎で指図する。

応じた坂巻が抜刀して斬りかかったが、鈴蔵は刃をかわし、後頭部を手刀で打ち倒す。

練達された鈴蔵の手並みに、慎太郎が目を見張る。

「貴様、ただの薬屋ではないな。金光屋に雇われたのか」

「いいや」

「むっ。違うと申すか。誰だ、誰のさしがねだ」

「麿じゃ」

暗闇でした声に驚いた慎太郎が、主水と顔を見合わせる。

部屋にいた周生が、燭台《しょくだい》を持って廊下に出た。

主水が叫ぶ。

「何者だ。姿を見せい！」

鈴蔵が場を空けると、白い狩衣が蠟燭《ろうそく》の明かりに浮かび、鶯色の鞘に納められた狐丸を帯びた信平が歩みを進めた。

その神々しさに、座敷にいた女たちはうっとりした眼差しを向け、三人の無法者は、思わず身を引く。

「あの時の、公家か」

鋭い眼差しを向けた慎太郎は、信平の横に現れた善衛門を見て、目を見開いた。

「葉山の……」

「おお、わしのことを覚えておったか」

善衛門は歩み出《い》でて、信平を見て喜んでいる女たちに怒鳴った。

「これ、お前たちは危ないから帰りなさい！」

善衛門に不満げな顔を向けた遊び女たちは、

った。

「あぁやだやだ」

などと悪態をつきながらも、殺伐とした空気を読み、三人とも逃げるように出て行

「くそじじい」

「何さ」

善衛門が口をむにむにとやる。

「おい慎太郎、この無法者め。お前たちの悪事はここまでじゃ。筑後守殿に引き渡すゆえ、神妙にいたせ」

すると、慎太郎が怒りに顔をゆがめた。

「くそ親父に渡すだと」

「なんじゃその言い方は」

「うるさい！　くそ親父はくそ親父だ。誰が従うものか！　主水！」

「おう」

庭に跳び下りた主水が、善衛門を睨んで抜刀した。

善衛門も抜刀し、刃を峰に返して言う。

「手向かいいたすなら、家光公から賜ったこの左門字《さもんじ》で、痛い目に遭わせてくれる」

「黙れ、じじいめ」

主水は大上段に構えて前に出た。

「むん！」

「おう！」

主水が刀を打ち下ろすのに対し、善衛門は下がりながら左門字を振り下ろす。

空振りした主水の刀を左門字で押さえ込み、動きを封じる。

主水が善衛門を睨み、

「やるな、じじい」

そう言って、不敵な笑みを浮かべる。

一拍の間を置いて、主水が腕の力を抜いた。地面に切っ先がめり込むのを嫌った善衛門が、左門字を上げた。その隙を突いて、主水が右腕を狙って斬り上げる。

善衛門は柄から右手を離し、両腕を広げるかたちで切っ先をかわしたのだが、返す刀で打ち下ろされた主水の太刀筋は凄まじく、左門字がたたき落とされた。

愕然とする善衛門に、主水が嬉々《きき》とした眼差しを向ける。

「拝領刀が泣いておるぞ」

痺れる手首を押さえた善衛門が、悔しげな顔をしている。

信平は、そんな善衛門の前に横から歩み出て、主水に涼しい顔を向けた。

「次は、麿が相手じゃ」

一見するとひ弱そうに見える信平だが、いざ対峙してみれば、内から出る剣気は凄まじく、隙がまったくない。

「むっ」

主水は剣の達人だけあり、ただならぬ信平から離れた。顔を横に向けて、周生に目配せをする。

応じた周生が抜刀し、信平の右手に移動する。左右から挟み撃ちにするつもりだ。

周生が襲いかかろうとしたが、そうはさせじと、鈴蔵が腰から棒手裏剣を抜いて投げ打つ。

右の手首を貫かれた周生が、悲鳴をあげて刀を落とした。

信平は一瞬だけ顔を右に向けて周生を見た。それを隙とみた主水が、猛然と信平に襲いかかる。

「やあ！」

気合と共に打ち下ろされた刀は、信平の左肩を斬るかと思われたが、左手の隠し刀で受け流された。主水は慌てて跳《と》び退《の》いたが、目の前に信平が迫る。そして、腹の急所を右の拳で突かれた主水は、刀を落として、両手で腹を抱えてうずくまった。

主水と周生がもだえ苦しむ姿に、慎太郎は絶句している。

信平が眼差しを向けると、慎太郎は腰を抜かして尻もちをつき、震える手をついて頭を下げた。

「参りました。どうか、お許しください」

「その言葉は、筑後守殿に申すがよい」

そう告げた信平は、鈴蔵に命じて四人を縛り、鈴尾家の屋敷がある番町へ向かった。

五

鈴蔵が鈴尾家の門をたたいたのは、およそ一刻（約二時間）後のことだ。

夜はすっかり更け、武家屋敷が立ち並ぶ番町は静まり返っている。

眠っていた門番が慌てて起きたのだろう。物見窓の障子を開け、格子越しに眠そうな声をかけた。

「誰かね、こんな夜中に」

灯籠の明かりがある門前にいる信平たちの中に、縄を打たれた慎太郎の姿を見て、門番はいっぺんに目が覚めたようだ。

「たいへんだ」

こちらが名乗る前に障子を閉めてしまい、中で慌てている音がした。急いで家人を呼びに行っているようだ。

善衛門が信平に顔を向ける。

「筑後守殿には、殿のことを隠し立てせずに申しますぞ」

信平はうなずいた。

待つこと程なく、脇門が開けられ、中年の侍が出てきた。

「どなたか存じませぬが、我があるじは慎太郎様を勘当されておられるゆえ、一切関わりがござらぬ。どうか、お引き取りを」

これには善衛門が答えた。

「そこもとの名は」

「当家用人の、芦尾《あしお》政次《まさつぐ》にござる」

「芦尾殿、名も訊かずに門前払いをするとは何ごとか。それがしは葉山善衛門じゃ。そしてこちらにおわすは、将軍家とは縁戚にあたられる、鷹司松平信平様であるぞ、無礼者め」

芦尾は驚き、慌てて頭を下げた。

慎太郎たちは目を見開き、顔を見合わせている。

善衛門が信平に言う。

「殿、知らぬと言われては仕方がござらぬ。捕らえた無法者どもを御公儀に突き出して、お裁きいただきましょうぞ」

「ふむ。さよういたそう」

「あいや、しばらく、しばらく」

きびすを返す信平の前に芦尾が進み出た。

「ご無礼つかまつりました。どうか、どうかお入りください」

応じた信平は、開けられた表門から入り、書院の間に通された。

突然のことに家中の者たちが慌てている様子が伝わってくる。

信平は、芦尾から上座をすすめられたが断り、慎太郎たちを座らせた次の間にとどまり、善衛門と鈴蔵と共に、筑後守を待った。

程なく、屋敷内は静かになった。そして、衣擦《きぬず》れの音が廊下に響き、羽織と袴を着けた中年の男が現れた。渋面に焦りの色を浮かべているのは、筑後守だ。

「鷹司殿、葉山殿、慎太郎めが、ご迷惑をおかけしましたか」

あいさつもせず、話も聞かず、ただただ申しわけないと平あやまりする筑後守に、善衛門が顔を上げさせ、ここに至るまでのことを話して聞かせた。

「と、いうわけでござるよ、筑後守殿」

神妙な顔をして聞いていた筑後守は、縄で縛られている慎太郎に顔を向けた。怒りの眼差しではなく、哀れみがにじみ出ている。

筑後守が善衛門に顔を向けた。

「葉山殿、まことに、お恥ずかしいかぎりでござる。鷹司殿、勘当した者とは申せ、可愛い倅《せがれ》。このようなことになり申したのは、それがしの不徳のいたすところ。かくなる上は、親子ともども、いかようなる処罰も甘んじてお受けいたす」

信平は、善衛門にうなずいた。

応じた善衛門が、筑後守に言う。

「信平様は、四人がこころを入れ替えることを望んでおられる。ここへ来る途中で問いただしましたところ、四人とも、人を殺《あや》めてはおらぬと申しますが、米屋のあるじは、危うく自ら命を絶つところでござった。商家の者から騙《だま》し取《と》った金を返し、罪を悔い改めるならば、我らは他言いたさぬ」

筑後守は目を潤ませた。

「御寛大なるお言葉、痛み入りまする」

「この四人のことは、大番頭になられる筑後守殿にお任せ申す。橋爪家と筑葉家には、貴殿が話をされよ」

善衛門にうなずいた筑後守は、信平に両手をつく。

「必ずや、この者たちには罪を償わせ、迷惑をかけた商家には、金を返して詫びを入れまする。慎太郎、二度と悪事を働かぬと、信平殿に誓え」

慎太郎は神妙な顔で、信平に頭を下げた。それに倣《なら》い、周生と主水、坂巻も頭を下げる。

信平がうなずき、帰ろうとした時、

「甘いですぞ、父上」

大声をあげて、厳しい顔をした男が現れた。

筑後守が動揺する。

「慎一郎《しんいちろう》、黙れ」

善衛門が言う。

「おお、慎一郎殿か。久しく見ぬうちに、立派になられた」

この家の嫡男だと善衛門に言われた信平は、慎一郎に眼差しを向ける。

だが、慎一郎は目を合わそうとしない。殺気に満ちた顔で慎太郎を睨んだその刹那、抜刀して斬りつけた。

慎太郎は咄嗟に逃げようとしたが、胸を斬られて悲鳴をあげた。

「兄上、お、お助けください」

苦しみながら命乞いをする慎太郎に、慎一郎は憎々しい顔を向けた。とどめを刺すべく、刀を振り上げる。

「この面汚しめが、死ね！」

もはや動けぬ慎太郎は、目をつむった。

鬼の形相の慎一郎が、血を分けた弟めがけて刀を斬り下ろした。だが、咄嗟に動いた信平が抜いた狐丸に、弾き上げられた。

「むっ」

怒りの顔を向ける慎一郎に、信平は冷ややかな眼差しを向ける。

「改心を誓う者を斬るは、何ゆえじゃ」

「知れたこと。御家のためよ。慎太郎は、この家を継ぐわたしを嫉み、せっかくの良縁を断ってまで、父とわたしに恥をかかせたかったのだ。たまりかねた父上が勘当されたが、悔い改めるどころか、家名を汚すようなことばかりする。もはや、生かしておくわけにはいかぬ」

「慎一郎！　よさぬか！」

筑後守が焦りの声をあげたが、慎一郎は刀を引かない。

「父上、慎太郎は己の素行の悪さを棚に上げて、我らが縁談を断ったことを逆恨みしておりますぞ。これまでの悪事は、家から追い出した我らを破滅に追い込むために他なりませぬ。生かしておいては、当家にとって大きな汚点となりましょう。そして、この者らも」

慎一郎が信平に切っ先を向けたので、筑後守が目を見張る。

「よせ。お前が刀を向けているのは、将軍家御親戚の鷹司信平殿であるぞ。引け、引かぬか！」

「父上、承知の上で刀を向けております。こうなってしまっては、相手が誰であろうと引けませぬ。生かしてここから出せば、出世の道が閉ざされるどころか、御家は潰される」

絶句する筑後守を横目に、慎一郎は、そばに控えている用人の芦尾に命じる。

「支度はできている。曲者を生かして出すな」

「はは！」

芦尾が立ち上がる。

「者ども！　出合えい！　出合えい！」

声に応じて、襷《たすき》がけに鉢巻きを着けて支度を調えていた十数名の家臣たちが現れ、書院の間を囲む。

慎一郎が筑後守に刀を差し出した。

「父上、この者どもを生かして出さねば、なんとでも言い逃れはできます。腹をお決めください」

苦渋の顔をした筑後守は、刀を抜いた。

「者ども、一人も生かして出すな。斬れ、斬ってすてい！」

信平は、落胆して目を閉じた。

「愚かな」

「やあ！」

斬りかかった家臣の刀を見もせずにかわす信平。空振りする刃風を頰に感じつつ、前に出る。

狐丸で足を斬られた家臣が、悲鳴をあげて倒れた。

その時にはもう、信平は二人目の腕を傷つけて前に進み、縛られたままの主水を斬ろうとしていた家臣の背中を浅く斬った。

狩衣の袖を振るい、背後から斬りかかった家臣の刀を狐丸で弾き上げ、片手打ちに腕を傷つける。

またたくまに四人の動きを封じた信平の凄まじさに、家来たちは息を飲み、足が止まった。

善衛門と鈴蔵は、庭に下りて別の家臣たちを相手に戦い、次々と倒している。

信平は、廊下にいる三人に狐丸の切っ先を向け、眼差しを筑後守に向けた。

怯える筑後守の前に慎一郎が割って入り、鋭い目をする。

信平の背後から、家臣が斬りかかった。

信平は、袈裟懸けに打ち下ろされた刀を右に回ってかわしながら狐丸を振るい、相手の背中を傷つける。

浅く斬られた家臣は背中を反らせて倒れ、激痛に悲鳴をあげてのたうつ。

「おのれ！」

斬りかかろうとした芦尾が、信平の剣気に怯えて下がった。

「どけ！」

芦尾を突き飛ばした慎一郎が、刀を正眼に構え、気合を発して斬りかかる。

信平は、打ち下ろされる刀をかわし、慎一郎の手首を浅く斬った。

「くっ。うう」

刀を落とし、手首を押さえる慎一郎。そんな我が子をかばい、筑後守が立ちはだかる。

斬りかかるかと思いきや、筑後守は刀を捨て、信平に両手をついて頭を下げた。

「こうなっては是非もなし。閉門して沙汰を待ちまする。どうか、どうかお引き取りを」

あるじの降伏を見て、家来たちは抵抗をやめ、その場に膝をつく。

信平は、狐丸を鞘に納めた。

善衛門が駆け上がり、倒れている慎太郎の首筋に指を当てた。

信平に顔を向け、首を横に振る。脈はなく、すでに息絶えていたのだ。

筑後守の後ろで青い顔をしていた慎一郎が、ほくそ笑んだ。そんな血も涙もない慎一郎に、信平は鋭い眼差しを向ける。

「厳しい沙汰があるものと、覚悟いたせ」

言いおくと、狩衣の袖をひるがえし、善衛門を連れて庭に下りた。

「父上、お助けを。父上」

情けない声をあげてしがみ付く慎一郎を突き放した筑後守は、慎太郎のところに這《は》って行くと、名を叫びながら、動かぬ我が子を抱きかかえた。

門を出た信平の後ろで善衛門がため息を吐き、ぼそりと言う。

「殿、このことは、それがしから上様にご報告します」

「頼む」

「今日は朝からとんだ一日でござったな。お疲れでございましょう。もう夜中でござるゆえ、我が屋敷でお休みくだされ」

「せっかくだが、赤坂へ帰る。城は番町からのほうが近いゆえ、そなたは戻って休むがよい。上様へのご報告は、早々に頼む」

「承知いたしました」

「鈴蔵はすまぬが、五味へ報せてくれ」

「かしこまりました」

「殿、お一人で帰られますのか」

心配する善衛門に、信平は笑みでうなずき、赤坂に続く夜道に歩みをすすめた。

善衛門から報告を受けた将軍家綱は、息子慎太郎を改心させようとした信平を亡き者にしようとした筑後守と慎一郎に激怒し、切腹のうえ、鈴尾家を断絶にしようとした。

その怒りは、

「あのような上様を、初めて見ました」

と、善衛門が驚くほどだったという。

善衛門から話を聞いた信平は、急ぎお目通りを願い出て許され、城へあがった。

家綱に拝謁した信平は、筑後守と慎一郎の助命を嘆願した。

家綱ははじめ、それでは他の者に示しがつかぬと拒んだが、厳しくしすぎるのも恨みを買う、という信平の言葉に耳を傾け、切腹の沙汰を出すのを取りやめ、減封にとどめた。

これにより、鈴尾家ならびに、橋爪家と筑葉家は、息子たちが迷惑をかけた商家に弁償を命じられた上に、減封の沙汰がくだされたのだ。

慎一郎は、信平が助命を嘆願したことを知り、命を取ろうとした己の浅はかさを恥じ、涙を流して悔いたという。

　いっぽう、親のためとはいえ、包丁で慎太郎を襲った米屋の喜助は北町奉行所に連行されたのちに、一ヵ月の入牢《じゅうろう》が命じられた。

　様子を知らせに来た五味が、信平に言う。

「喜助は、親のために侍に切りかかるとは見上げた根性だ、とか言った牢名主《ろうなぬし》に気に入られたようで、ひどい目に遭うこともなくすごしておりますぞ」

「さようか。して、左平はいかがしている」

「旗本から詫び金を足したものを受け取ってすっかり元気を取り戻し、毎日商売をしている。千住の家に隠れている時は、いつ首を吊っても不思議じゃないほど塞ぎ込んでいたので、まるで別人だ。そうそう、娘のおこまは、これを機に祝言を早めたらしい」

「めでたいことじゃ」

　五味がおかめ顔を突き出し、探る眼差しを向けた。

「左平が、信平殿に礼をしたいと言うていたが……」

「それには及ばぬ」

「そう言うだろうと思って、おれから伝えておくと言っておいた。気持ちの品もある」

五味が居間の廊下に出て、運び込め、と言うと、荷車が引き入れられた。

米俵が山と積まれているのを見て、善衛門が立ち上がる。

「これはまた、たいそうな数じゃな」

五味が笑顔を向ける。

「米屋を救ったのですから、これぐらい受け取っても、ばちは当たりませんよ」

「まことに、まことに」

「信平殿、左平の気持ちだ。よろしいな」

「ふむ」

信平は立ち上がって廊下に出ると、山と積まれた米俵を眺めた。一匹のとんぼが俵のてっぺんに止まり、すぐに飛んで行った。

日差しが眩しい、暑い日のことだ。

第四話　信平《のぶひら》と放蕩《ほうとう》大名

一

江島佐吉と千下頼母が下之郷村の治水普請を終えて帰ったのは、村の稲刈りを見届けてからだった。

信平の勘定方でもある頼母は、米の収穫高はまずまずだが、治水普請を終えたことで、村の者たちが大喜びしていたと報告し、日焼けした顔に、珍しく笑みを浮かべた。

信平と共に話を聞いていた葉山善衛門が、上機嫌で言う。

「殿、頼母が笑うておりますぞ。大役を無事に終えて、よほど嬉しいとみえますな」

すると頼母が、真顔で善衛門を見据える。

「役目を終えるのは臣下として当然のこと。わたしは、米の収穫を喜んでいるのです」

「相変わらず、素直じゃないのう。それで？　当然のこととして終えた一宮川《いちのみやがわ》の土手の普請は、どうなったのじゃ」

「まとまった雨が降るたびに水があふれて砂が入っていた田地は、川の土手を高くして防ぎ、被害が及ばぬようにいたしました。その際、普請の妨げになる家が五軒ほどございましたので、高台の木を伐採して移築し、流される心配をなくしております」

信平はうなずいた。

「二人とも、ご苦労であった。宮本厳治は、息災であったか」

これには佐吉が答えた。

「はい。殿と神宮路を倒したことが村人の誇りとなり、役人となった厳治殿への信頼は厚く、領地はまとまっております。普請が思いのほかはかどりましたのも、厳治殿のおかげかと」

「それはよかった。二人とも、ゆるりと休むがよい」

信平が労《ねぎら》うと、佐吉は大喜びで立ち上がり、

「ではさっそく、仙太郎の顔を見て参ります」

大きな身体をかがめて居間から出て行き、妻子が待つ長屋へ帰った。

独り身の頼母は、そんな佐吉を一瞥し、ため息を吐く。

「下之郷村では、毎晩のように寝言で仙太郎の名を聞かされました。起きている時は、若君と仲ようしてもらっておろうかと、そればかりです」

善衛門が笑った。

「佐吉は子煩悩じゃからの」

「今頃は、頬ずりをしておられましょう」

「確かにの」

頼母が、信平に真顔を向ける。

「市中へお出かけになられたと、聞きました」

信平はうなずいた。

「外に出れば、いろいろなことがあるものじゃ」

「奥方様のご様子は」

「だいじない。どうやら、乗り越えてくれたようじゃ」

「それは祝着にございます。では、しばし部屋に下がらせていただきます」

「ふむ」

信平に頭を下げ、立ち上がった頼母に、善衛門が言う。

「勘定の帳面はわしがつけておったゆえ、心配はいらぬぞ。ゆっくり休め」

「おそれいりまする」

頼母は善衛門に頭を下げ、敷地内の長屋へ戻った。

程なく、お初が茶菓を出してくれた。

昼過ぎまで善衛門と江戸城にいた信平は、お初に訊く。

「福千代は、今日も舅殿のところか」

「はい。近頃は魚釣りがすっかりお気に入りのご様子とか」

「ふむ。夏のあの日以来、隣の庭は、福千代にとって興味をそそられる場になっている」

善衛門が腕組みをする。

「紀伊のご隠居様は、一緒になって遊んでおられるとか。隠居される前のお姿からは、想像もつきませぬな。若は、殿に似て人のこころを引き付けるところがございますので、ご隠居様は、すっかりとりこになられておるのでござろう」

善衛門が言ったとおり、徳川頼宣はこの時、福千代との鮒釣りに夢中で、餌《えさ》に食いついた魚を逃がすまいと、大騒ぎしていた。

日傘の下で竹島糸と共に見ていた松姫は、祖父と遊ぶ福千代の姿に微笑《ほほえ》み、こころ穏やかな時を過ごしている。

廊下に出て、庭の先にある紀伊屋敷の森を見ていた信平は、部屋で茶をすすっている善衛門に顔を向けた。

「魚釣りとは、かようにおもしろいものなのか」

善衛門が驚き、茶にむせた。

「殿は、釣りをしたことがないのですか」

「ない」

「それは知りませなんだ。さすれば、近いうち大川に舟を出して、釣り糸を垂らしてみますか。大物のスズキなどが釣れた時は、こころが躍るようですぞ」

「楽しみじゃ。福千代も連れて行ってやろう」

「それはよろしゅうございます。支度は万事、それがしにお任せあれ」

嬉しそうな善衛門の背後に、鈴蔵が現れた。

「殿、客人でございます」

善衛門が膝を転じて訊く。

「どなたが参られた」

「丹波能勢《たんばのせ》藩主、青野伊予守《あおのいよのかみ》様と名乗っておられますが、どう見ても、遊び人でございます。追い返しますか」

「遊び人に見えたか」

「はい」

「ならば間違いない、ご本人じゃ」

善衛門がそう言って、信平に膝を転じ、疑いの眼差しを向ける。

「殿、秀里《ひでさと》侯をご存じか」

「城で幾度か話したことがあるが、親しいわけではない」

「まことでござろうな」

疑う善衛門を、信平は不思議に思った。

「いかがしたのじゃ」

「ご存じないなら教えてしんぜよう。丹波能勢藩は、禄高《ろくだか》は一万石ほどでござるが、譜代の名門。先代までは、名君の誉れ高き御家柄でござったが、当代秀里侯は、酒と女にうつつをぬかし、旗本のあいだでは、放蕩大名などと、陰口をたたかれております」

「お帰りいただきましょう」

鈴蔵がそう言って立ち上がったので、信平が止めた。

「麿を訪ねて参られたのは、何かわけがあってのことであろう。客間にお通しいたせ」

善衛門が口を出す。

「お会いになるのはよろしいが、何を頼まれるか分かりませぬので、くれぐれも、くれぐれも！　お気を付けくだされ」

「分かった」

涼しい顔で立ち上がり、表御殿の書院の間に向かう信平。

心配した善衛門は、

「やはりそれがしも同席いたす」

と言って、信平に続いた。

信平が書院の間に入ると、鈴蔵に案内されて下座であぐらをかいていた秀里が、慌てて正座し、満面の笑みを浮かべた。

二十八歳になる秀里は、顔だちがよくて垢抜《あかぬ》けている。着流し姿だと、まさに江戸の遊び人風だ。

その秀里が、友がふらりと遊びに来たように言う。

「突然ご無礼した。今朝久方ぶりに城でお見かけしたので声をかけようとしたのだが、御老中からありがたぁいお叱りをちょうだいしておったので、できなかった。一度は屋敷に帰ったのだが、思い立って、来させてもろうた」

「さようで」

信平は、落ち着いた笑みで応じる。

秀里は神妙な顔になり、居住まいを正して両手をついた。

「信平殿に、お願いがある」

「何でしょう」

「余を、しばらく泊めてくれ。頼む」

思いもしないことに、信平は言葉が見つからない。

善衛門が口を挟んだ。

「伊予守殿、藩主たるものが藩邸を留守にして夜遊びをするなど、言語道断ですぞ」

秀里が顔を横に向け、襖を背にして座っている善衛門に言う。

「ここへ泊めていただくことが、何ゆえ夜遊びになるのだ」

「誤魔化しても駄目ですぞ。御屋敷から出るのが難しくなられたので、ここから女遊びをしに行かれるつもりでござろう。ご家中には、殿と飲み明かすとでも言うて出られたのではござらぬか」

　秀里は首の後ろをなでて、苦笑いをした。

「さすがは葉山のご老体。と、言いたいところじゃが、女遊びはせぬ。余はただ、信平殿と酒を飲みたいだけじゃ」

　眼差しを信平に向けた秀里が、懇願する顔をした。

「信平殿、いかがか」

「いいでしょう」

「殿……」

　いさめる善衛門の発言を制すように、秀里が大声をあげた。

「信平殿、かたじけない。では遠りょなく、泊まらせていただく」

　よかったと言って、嬉しそうな顔で扇子をあおぐ秀里に、善衛門は口を閉ざした。

　信平は善衛門にうなずき、廊下に顔を向けた。

「鈴蔵」

「はは」

「酒宴の支度を」

「かしこまりました」

応じた鈴蔵は、その場を離れて台所に行き、おつうやおたせたちと茶菓の支度をしていたお初を呼び、難しい顔をした。

「今回ばかりは、殿のお考えが分からない」

「客人のこと？」

「うん。大名を泊めて、酒宴をするそうだ。支度をするようにとおおせだが、どう思われる。放蕩大名と揶揄《やゆ》される人物らしく、善衛門殿は、よい顔をされておらぬが」

「信平様がむげに断られたりしないお方だというのは、分かりきったことでしょう」

「それは、そうなのだが」

お初が、煮え切らぬ鈴蔵を見据える。

「怪しいと思うなら、目を離さないほうがいいわね。あたしも気をつけるから」

「承知した」

戻ろうとしたところへ、廊下からひょっこり五味が顔を出した。

「お初殿、勝手に上がらせてもらいましたぞ。信平殿は、居間におられるか」

「何か用？」

「いや、暇だったもので」

「お客がおられるから、今日はお会いになれないわよ」

「それは残念。では、茶をいただいて帰るとしよう」

板の間に座り込んだ五味は、冷たい眼差しを向けるお初に笑みを浮かべた。

「今日も、痺れる眼差しをしておられる」

「うるさい」

お初は湯飲み茶碗を五味の前に置いて、火鉢にかけていた茶瓶の茶を注いでやると、おつうたちと酒宴の支度をはじめた。

鈴蔵が声を潜める。

「相変わらずだな、お二人は」

五味が湯飲み茶碗を持ち、にやけ顔を向ける。

「なんだかんだ言いながら、こうしてお茶を注いでくれるところが優しいのだな、お初殿は」

鈴蔵は鼻先で笑って信平のところへ戻ろうとしたので、五味は呼び止めた。

「誰が来ているのだ」

「能勢藩の殿様だ」

「ふぅん。酒宴とはまた、楽しそうだな」

「だとよろしいが」

鈴蔵はそう言って、台所から出た。

酒宴の支度が調えられたのは、夕暮れ時だ。

客間で盃を交わすうちに、秀里は早くも酒に酔い、口が軽くなりはじめていた。

松姫と福千代が帰ったのは、そんな時だった。

糸と三人で庭を歩く姿を見つけた秀里が、おお、と、声をあげて信平に訊く。

「ご子息と、奥方でござるか」

「はい」

客間の次の間に控えていた善衛門が立ち上がり、庭に下りて知らせに行く。客人だと聞いた松姫が、信平の前に座っている秀里に頭を下げ、福千代の手を引いて奥御殿へ足を向けた。

前を向いた秀里が、信平に酒をすすめながら言う。

「お美しい奥方でござるな。紀伊様の娘とは思えぬ。これは、褒めておるのですぞ」

「………」

酒を受け、口に運んでいると、秀里がさらに言う。

「信平殿は、これまで数多の悪事をあばき、神宮路のことでは、江戸を戦火から救ったというのに、そのことを巷《ちまた》で知る者は皆無。本来なら、多分の加増をちょうだいして、大名になっていても不思議ではない。それが何ゆえ、二千五百石そこそこのままなのだ」

「はて」

「はて、ではない。よう黙っておられるな」

「御公儀の、お考えあってのことかと」

「手柄をあげても知らぬ顔をされるとは、哀れな。大名を代わって差し上げたい気分じゃ」

「…………」

「いや、大名などにならぬほうがよいか。信平殿は、気楽そうだしな」

信平は、口に薄い笑みを浮かべて黙っているが、酒に酔って大きくなっている秀里の声が届いた別室では、佐吉が怒り、片膝を立てた。

「殿を愚ろうするものは斬る」

と言い、脇差にしている小太刀の鯉口を切るのを見て、五味があんぐりと口を開けた。

冷静な頼母が、佐吉の手を押さえて鞘に納めさせ、ため息交じりに言う。

「放蕩大名が言うことなど、いちいち気にせぬほうがよろしい」

「しかしな、なんとも腹が立つではないか。遊んでばかりいる者が大名で、天下のために働いた殿が……」

言葉を飲み込み、不機嫌に座る佐吉。

五味は、佐吉の肩に手を当てて言う。

「言いたいことは分かる。分かるが、これればかりはお上が決めることだ。放蕩大名を怒ったところで、どうにもならん。さ、飲もう」

銚子を向けると、佐吉は盃を差し出し、満たされた酒を飲んで苦そうな顔をした。

二

信平の屋敷に泊まるのは口実で、ここから女遊びをしに行くつもりなのだろうという善衛門の予想に反し、秀里は、次の日も、その次の日も出かける気配がなく、大人しくしている。酒を飲んだのも初日だけで、借りてきた猫のように部屋に籠りきりで、読み物をして過ごしているのだ。

「どうも妙ですな」

　福千代と過ごしている信平の部屋に来るなり、善衛門は首をかしげる。

　秀里の大人しさに、拍子抜けしたようだ。

「何か、屋敷を出ざるを得ぬ理由があるのかもしれませぬな」

「それは麿も考えていたところじゃ」

　信平は、膝の中にいる福千代を立たせた。

「父は善衛門と話がある。母のところへ戻っていなさい」

「はい」

　廊下に歩み出る福千代に、善衛門が言う。

「若、今日は釣りに行かれませぬのか」

「行かぬ」

　顔だけを善衛門に向けて言う福千代は、廊下を通りかかった佐吉にぶつかった。

　尻もちをつきそうになったのを抱きとめた佐吉が、ご無礼を、と言うのに、福千代は笑みを浮かべる。

「麿のほうこそすまぬ」

　照れたように言い、廊下を歩んで奥御殿へ戻る福千代に、佐吉は優しい眼差しを向ける。

そして信平の部屋に入り、片膝をつく。

「殿、お呼びですか」

「ふむ。秀里殿のことが気になるゆえ、上屋敷《かみやしき》の様子を探ってくれぬか」

「かしこまりました。鈴蔵に命じて、調べさせまする」

善衛門が佐吉に訊く。

「秀里殿は、相変わらずか」

「はい。部屋から出られるのは、厠《かわや》に立たれる時のみにござる」

共に世話役をしている鈴蔵に命じるため、佐吉は信平の前から下がった。

青野家を探った鈴蔵が戻ったのは、翌日の昼過ぎのことだ。

同じ赤坂にある能勢藩の上屋敷では、秀里が姿を消したことで騒ぎとなり、人を出して捜し回っているらしい。

信平に報告を終えた鈴蔵が、付け加えた。

「中間《ちゅうげん》の口を開かせるのが難儀でございましたので、家中では、深刻な事態となっているのではないかと。若い中間などは、うつけもここまでくると、しゃれにならない、などと申しております」

善衛門がうなずく。

「当然じゃ。藩主が黙っていなくなったのだ。公儀の耳に入れば、笑いごとではすまぬ。殿、このままですと、騒動に巻き込まれますぞ。青野家のためにも、早々にお帰りいただくのがよろしいかと」

「ふむ」

信平は諭《さと》すべく立ち上がり、秀里のところへ行った。

家中が騒ぎになっていることを告げると、秀里は、信平に申しわけないと言い、神妙な顔をした。

「じゃが、このままでよいのだ。遊び暮らすうつけ者と思われたほうが、長生きできるゆえ」

「長生きできる、とは、どういう意味にございます」

「ただの、独り言じゃ」

秀里は言葉を濁し、事情を話そうとしない。

たまりかねた様子の善衛門が口を挟む。

「秀里殿、身を隠して家中の者を困らせるつもりかもしれませぬが、付き合わされるこちらの身にもなっていただきたい。いつまでお泊まりのつもりかな」

「御公儀からお叱りを受けるまでは、遊び暮らそうかと思うている」

「ここは、遊ぶ場ではございませぬが」

信平が真顔で言うと、秀里は、ふっと笑った。

「実は今夜から、この近くの町で小粋な料理屋が商売をはじめる。余はそれを待っていたのだ。泊めていただいたお礼をしたい。信平殿、今夜は余に付きおうてくれぬか」

善衛門が驚いた。

「やはりそういうことでござったか。初日に顔を出すために、殿を利用されたな」

「そう怒るな、葉山殿」

「怒らずにおられるか。先ほどは、いかにも家中が難しいことになっているようなことを申されたばかりというのに」

「本気にされたか。余もまだ信用があるとは、驚きだ」

おどけて笑う秀里に、善衛門は口をむにむにとやり、顔を信平に向ける。

「殿、遊びに付き合うことはないですぞ」

「いや、せっかくなのでお供をいたそう」

愕然とする善衛門。

「殿、本気でござるか」

「ふむ」

信平はこの時、秀里のことがどうにも気になり、誘いに乗ることにしたのだ。

ではのちほど、と言って立ち上がる信平に、秀里が言う。

「余は身分を隠しておるゆえ、狩衣は困る。できれば、余と同じ着流しで願いたい」

「それは楽しそうです」

承知した信平は、自分の部屋に戻った。

あきらめた善衛門が調えてくれたのは、無地の灰色の着物だ。

着替えを手伝ってくれた善衛門が、姿を見て目を細める。

「烏帽子《えぼし》を取られたお姿も、よろしいですな」

頼母に月代《さかやき》を整えてもらった信平は、照れ笑いをした。

刃物を納めながら、頼母が言う。

「殿、秀里殿に乗せられて、羽目を外されませぬように」

「ふむ」

頼母が手を止めた。

「やはり、わたしがお供をいたします」

「心配いたすな」

信平はそう言うと、脇差も帯びずに部屋を出た。

肩を並べて赤坂の町を歩む秀里と信平。着流しで、刀を帯びない今の二人を見て、片や一万石の大名、片や将軍家縁者とは誰も思わない。

着流しもいいものだと、この時信平は思うのであるが、そのこころを見透かすように、こっそり尾行していた善衛門が頼母に言う。

「見よ、殿はなんだか歩みが軽いぞ。着流しが癖にならなければよいが」

「まことに」

二人は、心配そうな顔を見合わせた。

信平が案内されたのは、松良《まつりよう》という料理屋だ。

秀里が先に入り、続いて入ろうとした信平は、足を止めて通りに顔を向ける。菜飯屋まで引き返した信平は、店の角に隠れていた善衛門と頼母に言う。

「心配はいらぬ。夜は冷えるゆえ帰れ」

頼母が言う。

「殿を疑うわけではございませぬが、相手が名うての遊び人でございますので、つい、足を向けてしまいました」

「さよう。殿、まことに大丈夫でございましょうな。殿も男。魔が差すということもござろう」

信平は、呆れて目を閉じる。

「その心配は無用じゃ。鈴蔵もな」

すると、頭上の屋根から鈴蔵が顔を出した。

信平は苦笑いをして、いいから帰れ、と言い、料理屋に入った。

待っていた秀里が、ご家来衆も一緒にどうかと言ったのだが、信平は首を横に振り、案内された座敷に入った。

程なく、落ち着いた雰囲気の美しい女が現れ、

「ようお越しくださいました」

と、あいさつをする。

上機嫌の秀里が、信平に紹介した。

「おれが以前通っていた料理屋の娘喜代《きよ》だ。親元を出て、新しくはじめたというわけだ。ひいきにしてやってくれ」

信平はうなずいた。

秀里が眼差しを喜代に向ける。

「おかみ。こちらはおれの飲み友達だ」

喜代が信平に科《しな》をつくる。

「お名前をおうかがいしても、よろしいですか」

信平が答える前に、秀里が口を開いた。

「おい喜代、厚かましいぞ。名を訊くのは常連客になってからだと、親父殿が教えてくれたではないか」

「そうでした」

喜代はあっけらかんと笑い、ごゆっくり、と言って下がった。

秀里がため息を吐く。

「がさつ者だが、余はああいう女が好みなのだ」

はっきり言う秀里は、銚子を取ってすすめてくれた。

受けた信平も酌を返し、盃を交わす。

料理は本格だと秀里が言うだけあり、出されたものはすべて、手の込んだもので旨い。

喜代が忙しい合間を縫って、ふたたび顔を出した。

まずは信平に酒を注ぎ、すっかり朝夕が冷えてきたと、当たり障りのない話をしながら、秀里にも酌をする。

鼻の頭を赤く染めている秀里を見て、

「あら旦那。今日はずいぶんすすんでおられますこと」

親しげに言う。

秀里は喜代に盃を渡し、料理も酒も、親父の店に劣らぬいい味だと褒め、祝儀だと言って、紙に包んだ小判を袂から出して見せた。

「あら、いつもありがとうございます」

盃を持ったままの喜代が、右手で胸の合わせを触り、少しだけ開いた。ここに入れてくれということらしい。

よしよし、と言った秀里が、包みを差し入れ、鼻の下を伸ばす。

信平は知らぬ顔で、盃を口に運んだ。

深い仲なのだろう。秀里が耳元で何かささやくと、また今度、と言った喜代が立ち上がり、信平に科をつくって仕事に戻ろうとしたのだが、秀里が手をつかんだ。

「おれは命を狙われているのだ。次はないかもしれぬぞ」

喜代が手を優しく離して、信平に苦笑いをする。

「旦那は酔うといつもこれなんですよ。命を狙われているなんておっしゃって女を口説くのは、よくありませんよねぇ。しらふの時に口説いてくだされば、あたしだって……」

「今、なんと申した」

訊き返す秀里になんでもございませんと言った喜代は、信平に舌を出して見せた。

秀里を軽くあしらって仕事に戻る喜代のたくましさに、信平は閉口する。

「嘘ではない、嘘では……」

ぼそりと言って手酌をする秀里に、信平は顔を向けた。

眼差しに気付いた秀里が、深刻な面持ちとなった。

「実はな、信平殿。おれは明日をも知れぬ身だ。命を狙われているのは嘘ではない」

想像もしていなかった言葉に、信平は険しい眼差しとなる。

「相手は、分かっているのですか」

秀里は、頰に流れたものを手でぬぐい、洟をすすって天井に顔を向けた。

言葉を発するのを待ったが、秀里は何も言わず、酒を飲むだけだ。銚子が空になると手を打ち鳴らして店の者を呼び、酒の追加を命じた。

黙って聞き流すことができない信平は、狙われる理由を訊いた。

秀里は、酔いが回っているらしく、藩邸から抜け出したのは遊びのためではなく、己の命を守るためだと、それればかりを繰り返す。

よほど悩み、そして考えた挙句に、藩邸を出たのであろう。

早く、その真意に気付くべきだった。

そう思った信平は、おかみが持ってきた酒を断り、駕籠を頼んだ。

程なく駕籠が来たので、秀里に肩を貸して料理屋から出た。

外は暗い。暗すぎる。

信平は、星一つない空を見上げたのだが、ふと、来る時には感じていなかった気配があることに気付いた。

さりげなく目を配ったが、こちらの様子をうかがう影はない。

「たいしたおもてなしもできず、ごめんなさい」

手を合わせる喜代に、信平は首を横に振る。

「これに懲りず、またお越しくださいまし」

喜代の見送りを受けて進みはじめた駕籠の先に立ち、信平は夜道を歩む。この時には、妙な気配は消えていた。

町から大名屋敷が並ぶ方向に向かうと、駕籠かきたちは遠りょして、かけ声の声音を下げた。

ている。


闇に潜む気配を信平が感じたのは、その時だ。

駕籠を止め、漆喰の壁際に下がらせる。

白い壁にちょうちんの明かりが映える中、信平は、暗い道の先に鋭い眼差しを向け
闇の中で足を進める音が近づき、黒い影が染み出た。

覆面をつけたその者が、油断なく信平に対峙する。

「駕籠の中の者に用がある。去れ」

曲者が、動じぬ信平を睨む。

「貴様、命が惜しくないのか」

「その言葉、そのまま返そう」

丸腰の信平は、駕籠かきと、酔って眠る秀里をかばい、手刀を構えた。

抜刀した曲者が、正眼に構える。

無言の気迫をぶつける曲者が、信平に襲いかかった。

信平は、その時には一歩踏み出ている。刀を打ち下ろす相手の間合いに深く入り、手首を受け止めると同時につかみ、柔術をもってひねり倒した。

地面に背中を打ち付けて苦しみの声をあげる曲者。

信平は刀を奪い、暗闇に鋭い目を向ける。

すると、右手の暗闇から二人現れ、左手からは、三人現れた。手に下げている大刀が、ちょうちんの明かりにギラリと輝く。

退路を断たれた信平は、駕籠かきに言う。

「先ほど寺があったのを覚えているか」

「へい」

「曲者を相手にしている隙に、そこへ助けを求めよ」

応じた駕籠かきが、秀里を乗せた駕籠を担ぐ。

それを見た曲者どもが走り、襲いかかる。

信平は駕籠を守り、襲いかかった曲者を峰打ちに倒し、次の者が突き出した切っ先を受け流し、肩を打つ。

激痛に刀を落とす曲者。

仲間を下がらせた三人の曲者が、両手を広げて立ちはだかる信平と対峙する。

駕籠かきたちはそのあいだに逃げ、信平が言った寺に急いだ。

曲者たちは焦り、信平に襲いかかろうとしたが、仲間を容易《たやす》く倒した信平の剣を恐れ、振り上げた刀を下ろした。

「退け」

一人が告げるや、信平に打たれて痛むところを押さえながら立ち上がった曲者が、よろよろと逃げていく。

刀を構えていた三人は、目を信平に向けたまま後ずさり、きびすを返して走り去った。

信平は刀を持ったまま走り、寺に向かった。

三

秀里を乗せた駕籠かきたちが助けを求めたのは、赤坂の成土寺《じょうどじ》だった。

匿ってくれた僧たちは山門を堅く閉ざし、数名の見張りを立たせていた。

信平が山門に行くと、僧たちと共にいた駕籠かきの一人が安心した顔をして駆け寄った。

「ご無事でしたか」

「そなたらも無事で何より」

「もう一人の旦那は、寺の中でお目覚めです」

「そうか。世話になった」

信平は、礼の酒代をと思い袂を探り、一両小判を渡して二人を帰すと、寺の者の案内で中に入り、本堂の裏手にある宿坊の客間に向かった。

正座して、住職と思われる壮年の僧と神妙な顔をして話していた秀里が、信平を見て頭を下げた。

「信平殿、助けにも行かずすまぬ。寺の者たちに止められたのだ」

「賢明なご判断かと」

「怪我はないか」

「はい」

「とんだ醜態をさらし、恥ずかしい限りじゃ。まさか、町中で襲われるとは思いもせず、油断をしておった」

首を横に振る信平に、秀里の相手をしていた僧がうやうやしく頭を下げる。

「伊予守様から、あなた様は鷹司様とうかがっております る」

「ふむ」

「当寺の住職、海宋《かいそう》にございます。夜道は物騒にございますので、御屋敷に使いを走らせましょうか」

「そうしていただけるとありがたい」

「では、すぐに行かせましょう」

海宋和尚は頭を下げ、部屋を出て行った。

信平は、消沈している秀里に訊く。

「曲者は六名いました。秀里殿、何が起きているのです」

「醜い争いゆえ、他言はしとうなかったのだが、こうなっては、もうしばらく世話にならねばならぬ。聞いてくださるか」

「聞きましょう」

「余には、腹違いの兄がいる。襲ったのは、兄に味方する者であろう」

るる述べられたことによると、秀里には、行謙《ぎょうけん》という異母兄がいる。側室の子である行謙は、藩主の道を閉ざされ、国許で出家していたのだが、五年前に父親が他界し、三年前に秀里の母が亡くなったのを機に藩政に口を出すようになり、父親譲りの才覚を発揮していた。

藩の重役たちは、優れた行謙が藩政に関わるのを黙認し、遊び暮らす秀里のことをうつけ者と侮《あなど》るようになっていたのだ。

話を聞いた信平は、秀里に言う。

「行謙殿が命を狙うは、遊び暮らす秀里殿に取って代わるためと、申されますか」

秀里はため息を吐いた。

「余が遊び暮らしておれば、このようなことにはならなかったのだ」

「それは、どういうことでしょう」

「ことのはじまりは、余が国許にいた昨年に起きた洪水だ。長雨のせいで川が氾濫し、領内は甚大な被害を受けた。兄上は藩費を投じて、流された武家屋敷の建て直しを急がれようとしたのだが、余はそれに反し、田地の修復を急がせ、民百姓の暮らしを助けることに重きをおいた。生まれて初めて兄上と言い争いをしたのも、その時だった。兄上の言葉を聞かずに民百姓の暮らしを助けたのだが、その差配のおかげで領民の人気を得た。それが、間違いのもとだ」

「行謙殿が、機嫌をそこねられたと」

「兄上にしてみれば、おもしろくないだろう。城の三之丸《さんのまる》で暮らしていた兄上の下には、毎日のように藩の重臣が訪れ、まるで本丸御殿のごとくにぎわいだったのだが、余が領民から慕われるようになって以来、様子が一変した」

秀里は、いらぬことをしなければよかったと、悔いているという。

悪いことに、藩主でもないのに藩政を牛耳っている行謙のことをよく思っていなかった秀里派の者たちが奮起し、秀里こそ名君と騒ぎ、行謙を城から追い出し、寺に押し込めてしまったのだ。

城中では、秀里派と行謙派が対立し、斬り合いこそ起きなかったが、家臣団が一枚岩とはいかなくなったのだ。

行謙を兄と慕っている秀里は、深まった溝を埋めようとしたのだが叶《かな》わず、会えぬまま江戸に戻っていた。

たった一人の兄と争いたくない秀里は、江戸に戻ってからは以前のように遊び暮らし、藩政は行謙に託そうとしていたのだが、つい先日、何者かによって食事に毒が盛られ、毒見の者が当たってしまい、今でも寝たきりだという。

話を聞いた信平は、秀里の心中を察した。

「藩邸を出られたのは、そういうことでしたか」

秀里がため息を吐き、肩を落とした。

「余は、藩主になどなりとうなかったのだ。好きな絵を描いて暮らしたいと、幼い頃から胸に抱いていた。洪水の時は、苦しむ民を見かねて兄上に逆らったが、藩が深刻な財政難に陥っていないのは、ひとえに、兄上のおかげなのだ。亡き父上も兄上を頼り、本心は、兄上を世継ぎにしたいと思われていたに違いないのだが、正室たる、余の母上に遠りょされたのだろう」

「…………」

秀里の複雑な心中を思うと、信平は、かける言葉が見つからなかった。

秀里が、懇願の眼差しで信平に両手をつく。

「信平殿、藩主の座を兄上に譲りたいのだが、力を貸してもらえまいか」

「麿が、ですか」

「さよう。上様の信頼厚い信平殿の口添えがあれば、叶うやもしれぬ。余は二年前に正室を病で亡くして以来独り身ゆえ、世継ぎもおらぬ。兄上は出家されているが、還《げん》俗《ぞく》して正室をお迎えいただけばよかろうと思うのだ」

信平は、眼差しを伏せてしばし考え、秀里の目を見た。

「秀里殿は、どこか行謙殿に遠りょされているように思えるのですが、藩主の座を譲りたいのは、本心ですか」

「本心だ。余は、兄上こそ藩主にふさわしいと思うて疑わぬ」

「放蕩をされるのは、家臣の目を行謙殿に向けるためで、心底遊びたいわけではないのでは」

「そ、そのようなことはない。思い違いをされておる。余は、ただ遊びたいだけじや。喜代、そうじゃ、喜代に惚《ほ》れておる」

今思いついたように言う秀里に、信平は応じるわけにはいかなかった。

「藩主の座を譲られることへのお力添えは、しばし考えさせていただきます」

秀里はがっかりしたようだが、

「よしなに、頼む」

そう言って、頭を下げた。

知らせを受けた佐吉たちが迎えに来たので、信平は寺から出た。

途中で鈴蔵が尾行を知らせたが、信平は、捨ておけ、と言い、赤坂の屋敷に帰った。

信平は自分の部屋に善衛門を呼び、秀里に頼まれたことを話した。すると善衛門は、険しい顔で考え、しばし沈黙した後に答えた。

「市中で命を狙われたことで、秀里殿は弱気になられたか。あるいは、己よりも優れた兄に気を使われているか。いずれにせよ、相手は市中に刺客を放ってまで弟の命を狙うほどでござるから、家中の対立が激しい証。殿が口添えをいたせば、秀里派の者が黙っておりませぬぞ。大名家の御家騒動《おいえそうどう》に手を貸すのは、おやめくだされ」

「やはり、そうか」

「ここは、秀里殿を匿うだけにとどめておくのがよろしい。隠居したいなら、仮病でもなんでも使って、自ら御公儀に願い出られればよろしいのです」

「では明日、秀里殿にさよう申そう。遅くまでご苦労だった。休んでくれ」

「はは。殿も、ごゆるりと」

善衛門はそう言って、部屋から出て行った。

翌朝は、あいにくの雨模様だった。

薄暗い部屋の中で、秀里と共に朝餉を摂った信平は、お初の味噌汁の椀を手に持って浮かぬ顔をしている秀里を見て、箸を置いた。

「秀里殿、藩主の座を行謙殿に譲る手助けは、お断りいたします」

秀里はうなずき、長い息を吐いた。

「お立場も考えず、厚かましいことをお願いした。気を使わせてすまぬ。この旨い味噌汁をもう一杯だけいただいて、おいとまいたす」

「いや、今藩邸に戻られるのは危ない。昨夜戻る際に尾行がありました。相手は、秀里殿がここへおられることを知ったはずゆえ、藩のことを思うなら襲ってはこないかと。しばらく泊まり、様子をみられてはいかがですか。どうしても隠居をされたいなら、改易されぬよう、御公儀に根回しが必要かと」

「根回し、でござるか」

下座に控えていた善衛門が咳ばらいをして、秀里に顔を向けた。

「隠居なさりたいなら仮病を使う手もございますが、次の登城まで日にちもござるゆえ、ここでゆるりと策を練られるがよろしかろう」

汁椀《しるわん》を置いた秀里は、先ほどにくらべ、少しだけ気が晴れた顔をした。

「では信平殿、お言葉に甘えさせていただく」

「気が向くままに、おられませ」

「そうじゃ、よいことを思いついた。礼を兼ねて、信平殿の部屋の襖絵《ふすまえ》を描かせてもらえぬか」

「絵、ですか」

「余は、絵を描いている時がもっとも知恵が浮かぶのだ。ここへ来ようと思いついた時も、絵を描いていた」

「ははあ」

善衛門が関心を示したものの、不安そうな顔をする。

「腕前は、確かでござろうな」

「自分で言うのもおこがましいが、菩提寺《ぼだいじ》の襖絵を手掛けた時は、住職がたいそう喜び、末代までの宝と申しておった」

善衛門が信平に顔を向ける。

「殿、どうですかな。表具屋を呼べば、今日のうちに支度ができますぞ」

「麿はかまわぬ」

善衛門がうなずく。

「では秀里殿、白無地の襖と絵具を支度しますので、殿にふさわしい絵を描いてくだされ」

「心得た」

秀里は、先ほどまでとは打って変わって目を輝かせ、朝餉をすませた。

四

信平がにらんだとおり、将軍家縁者である鷹司家に秀里を狙う者が現れることはなく、五日が過ぎた。

連日、朝から日が暮れるまで信平の部屋に籠りきりの秀里は、襖に向かい、黙々と筆を走らせている。

「信平殿にふさわしいとなると、やはりこれかと……」

そう言って秀里が見せてくれた絵に、善衛門や佐吉たちは息を飲むばかりだ。

両手で膝をつかんで中腰になり、邪魔にならぬよう見入っていた善衛門が、

「見事なものじゃ」

感心しながら廊下へ出て、松姫と福千代と共に月見台にいる信平のところへ渡った。

「殿、秀里殿の絵は、見事なものですな。今から仕上がりが楽しみです」

信平は、唇に薄い笑みを浮かべる。

「雅《みやび》ゆえ、松の部屋に移そうかと思うている」

「それはよろしゅうござる。奥方様は、もうご覧になられましたか」

「はい。今朝ほど見せていただきました。旦那様が、わたくしの部屋に置きたいと申されたところ、伊予守殿は快諾くださり、されば一筆加えようと申されて、平安の姫を描かれています」

「そこのところも見ましたぞ。秀里殿は口に筆をくわえて両手に大小の筆を持ち、一心不乱に描いておられる。あれはまさに、世に名が知れ渡る逸材かと」

「まことに」

松姫が笑みを浮かべ、菓子に手を伸ばす福千代に眼差しを向けた。

信平の膝の中にいる福千代が、白くて丸いまんじゅうを二つ手に持ち、立ち上がった。

「父上、仙太郎と一緒に食べてもよろしいですか」

「ふむ。よいぞ」

にんまりした福千代が、月見台から廊下に渡り、仙太郎がいる長屋に行った。

目で追っていた善衛門が言う。

「若と仙太郎は、まるで兄弟のように仲がよいですな。よい主従になりましょう」

「それを願うばかりです」

松姫はそう言って立ち上がり、奥御殿に戻った。

廊下で松姫と行き当たった頼母が片膝をついて見送り、月見台に渡ってくると、神妙な顔で告げる。

「殿、秀里侯の家来だと申される江坂《えさか》殿が参られました。火急の知らせがあるとのことですが、いかがされますか」

「秀里殿に、確かめよう」

信平は立ち上がり、自分の部屋に戻った。

襖の絵を眺めながら一休みしていた秀里が、信平に気付いて眼差しを向けた。自信に満ちた顔をしている。

「我ながら、よい絵になりそうだ」

「楽しみです」

信平は中に入り、江坂という者が来ていることを教えた。

すると秀里は、穏やかな顔をして言う。

「余が唯一信頼している家来だ」

「火急の知らせとのこと。客間に通しましょう」

「あいすまぬ」

秀里は筆を置き、たすきを外した。

信平は遠りょして同道せず、頼母に任せて部屋に残ろうとしたのだが、

「信平殿も、共に聞いてくれぬか」

秀里に懇願され、客間に向かった。

頼母に案内されて来た江坂は、歳は二十八だと秀里から聞いているが、実際に見ると三十代に思え、口を一文字に引き結んだ顔つきから、優れた頭脳の持ち主だというのが想像できる。

江坂は、まずは信平に対し、殿がご迷惑をおかけいたしまする、と、神妙に頭を下げ、秀里に詰め寄る。

「殿、心配しました。何ゆえこの江坂に、一言教えてくださらないのです」

秀里は、ばつが悪そうな顔をした。

「言うな。余は、命欲しさに逃げたのだ。それより、どうやってここにいることを知ったのだ」

「行謙様の手の者が、殿が鷹司様の御屋敷に入られたと話しているのを盗み聞いたのです。襲撃をしくじったとも。襲われたのですか」

「うむ。こともあろうに、信平殿までもな」

「なんと」

江坂は驚いた顔を信平に向けた。

「お怪我はございませぬか」

「うむ」

平然とした信平の様子に、江坂は安心した。

秀里が言う。

「信平殿は剣の達人じゃ。命拾いをしたのは、襲った者のほうだ。して、余を襲ったのは誰だ」

「隠れて聞いていましたので、顔を見ることができませんでした。これは憶測ですが、江戸家老も関わっているのではないかと」

「何、青木《あおき》もだと！」

「はい」

秀里はため息を吐いた。

「急用とはなんじゃ。毒見の者が死んだのか」

「いいえ、その逆です。今朝がた、意識を取り戻しました。医者の見立てでは、毒の害も残らず、十日もすれば元の暮らしに戻れるそうです」

「おお、それはよかった」

秀里は、信平の屋敷に来て一番の笑顔を見せた。

「もう一つございます」

「なんじゃ」

「つい先ほど、御家老から言われたことですが、行謙様が、江戸に参られます」

秀里の顔から笑みが消え、真っ青になった。

「そ、それは、まことか」

「はい」

「いつだ。いつ来られる」

「来月早々には、ご到着かと」

「十日もないではないか」

秀里は落胆し、悲壮に満ちた顔をする。

「余の命は、あと十日足らずか」

「何を弱気なことを。殿、行謙様を上屋敷に入れてはなりませぬ。乗っ取られます。直ちにお戻りください」

「刺客がおるようなところへ戻れと申すか」

「殿のお味方はそれがしだけではございませぬ。我らが必ずお守りします」

「兄上が参られるとなると、誰も信用できぬ。殺されに戻るようなものじゃ」

「されど、このままでは、二度と屋敷に入れなくなりますぞ」

秀里は、何かを思いついたように手を打ち鳴らした。

「それもよいかもしれぬ。兄上に入っていただき、余に代わって藩主になっていただこう」

「戯言《たわごと》はおやめください。そのようなこと、御公儀が許すわけがございませぬ」

「病になればよいではないか」

「病？」

「そうじゃ。どうすれば隠居を許されるか、絵を描きながら策を練っていた。やはり、余が病になるのがよいと思う」

「殿がこの世におられる限り、行謙様が藩主になられることはありませぬ。下手な策を講じて御公儀の耳に入れれば、御家を潰されてしまいます。それだけは、なんとしても避けなければなりませぬ。殿、どうか、このままそれがしとお戻りください。どうか」

必死に頼む江坂であったが、秀里はうんと言わない。

「信平殿の絵がまだ仕上がっておらぬゆえ、帰らぬ。兄上には、余は信平殿の屋敷へおると伝えよ。毒を盛られたことも、信平殿はご存じじゃ。それをお伝えいたせば、いかに兄上とて、大それたことはできまい」

「殿……」

「余の放蕩ぶりは、すでに御公儀の耳に届いている。このまま余が藩主の座におれば、御家にとってよいことはない。お前には悪いが、余は、兄上こそが藩主にふさわしいと思うている。そのことも、伝えてくれ」

「どうしても、お戻りいただけませぬか」

「江坂、くどいぞ」

「………」

悲しげな顔をした江坂は、力なく信平に頭を下げて立ち上がり、客間から出て行った。

秀里は、信平にこわばった笑顔を浮かべる。その表情からは、恐れている気持ちが伝わってきた。

「信平殿、先ほどはあのように言うたが、兄は甘くはない。江戸に来られるのは、いよいよ本気で、余を退けようとされているに違いない。ますます命が危うくなる。兄が来られる前に飲みに行きたいのだが、付きおうてくれぬか」

信平は、冷静な眼差しを向けた。

「このような時でも遊びに行きたいと申されるは、覚悟を決めたと、いうことですか」

「誰も望んで死にとうはないが、兄に睨まれては、この先どうなるか分からぬ命だ」

「承知いたしました。参りましょう」

信平は、秀里を守るために、供をすることにした。

夕暮れ時の松良は客で込み合っているようだったが、喜代は静かな離れの客間に通してくれた。

前の持ち主は染物問屋だという松良の敷地は広く、通された部屋の表側には、赤坂の溜池《ためいけ》を借景にした庭があり、風情を楽しめる。

秀里は、庭の景色など目に入らぬ様子で、しおらしく酒を飲みはじめた。

信平の酌を断り、

「お互い気を使わず、手酌で」

そう言って、酒を飲みはじめたのだ。

盃を持つ手を止めた秀里が、ふぅっと、息を吐く。しばらく下を向いていたが、信平に顔を向けた。

「先ほどは、いつ殺されるか分からぬと言うたが、考えてみれば、兄はぬかりのないお方だ。御老中方に手を回しておられるはず。余が屋敷を抜け出したことを幸いに、これまでの放蕩三昧を理由に隠居へ追い込んでくださるかもしれぬ。この考えは、甘いか」

「御老中と接触をされたからこそ、秀里殿のお命を狙われたのではないでしょうか」

「御老中に断られたと、いうことか」

「血筋をおもんぱかるならば、正統な後継者である秀里殿を差し置くことは、認められないでしょう」

「やはり、江坂が申したとおり、余が生きているうちは駄目か」

秀里は顔をしかめて、酒を飲んだ。

手酌を続けて黙然と飲む姿は、酒の力を借りて辛いことを忘れたいという気持ちが伝わってくる。

兄に遠りょしているのか、それとも、本気で隠居したいと思っているのか、信平には分からない。だが、骨肉の争いをやめさせ、秀里を救いたい。

どうすれば、救えるだろうか。

考えながら、黙って酒に付き合っていると、喜代が銚子を載せた折敷《おしき》を持って顔を出した。

早くも酔っている秀里が、すわった目を向ける。

「おかみ、喜代、待っていたぞ。ここへ座れ」

自分の横を示して、手招きする。

「はいはい」

慣れた様子で応じた喜代が、着流し姿の信平に会釈をして、横に座った。

「ささ、どうぞ」

銚子を向ける喜代に酒を注いでもらった秀里は、とろんとした目で盃を干して膳に投げ置くと、喜代の膝をつかんで横になった。

「柔らかいのう。極楽じゃ。死ぬなら、このまま逝《い》ってしまいたい」

「まあ、悪い御冗談を。旦那、あらやだ、もう眠ってらっしゃる」

そう言う喜代の顔からは、喜びが伝わってきた。

秀里が眠ってしまったのは、絵に没頭していたこともあるが、やはり、心労が蓄積しているのだ。

「よい庭だな」

信平は立ち上がると、見せてもらうと言って廊下に出た。

忙しいはずの喜代は動こうとせず、秀里の寝顔を見つめている。

秀里は、喜代には気を許せるのだろう。膝の上で死にたいというのは、本心に違いない。

二人にしてやるために障子を閉めた信平は、草履《ぞうり》をはいて庭に歩み出た。

気配を察して、庭木に顔を向ける。

「鈴蔵か」

「はい」

「どうじゃ」

「様子を探る怪しい者がおります」

信平はうなずく。

「やはり相手は、秀里殿を生かすつもりがないようだ。手はずどおりに」

「承知しました」

鈴蔵は外へ出て行った。

しばし時間をつぶした信平が部屋に戻ると、膝枕で気持ちよさそうに眠っている秀里を喜代が起こした。

五

「出てきたぞ」

商家の軒先に潜む曲者が、仲間に教えた。

松良の表に横付けされた町駕籠の前で振り向いている秀里が、見送る喜代に言葉をかけている。

喜代が笑顔で頭を下げると、秀里は駕籠に乗り込んだ。

店の角から見ていた仲間が、首を伸ばす。

「鷹司信平殿の姿が見えぬぞ」

「おらぬなら、そのほうが都合がよい」

「待て、出てきた」

行灯の明かりが弱くて顔は見えないが、着流し姿に見覚えがある。

厄介な鷹司信平は、後ろにつけていた駕籠に収まった。

「この機を逃せば次はない。急いでみなに知らせろ。今夜こそ、殿のお命をちょうだいする」

「心得た」

仲間が闇の中に走り去ると、曲者は顎の布を鼻まで上げて顔を隠し、動きはじめた駕籠を尾行した。

鷹司家の屋敷へ帰る駕籠は、武家地を避け、町中を選んでいる。その道筋を把握した曲者は、助言をくれた者の読みが当たったことに驚き、気を引き締める。

襲撃の場はただ一つ。法安寺と大名家のあいだにある急な坂。そこで、上と下で挟み撃ちにする。

　曲者は駕籠を追って町中を抜け、新町《しんまち》の辻を右へ曲がった。その先にある辻を右に曲がれば、荷車を引く者にとっては難所となるほど急な坂がある。そこが襲撃の場所だ。

　警戒をする様子もなく道を進んでいた駕籠が、突如として走りはじめた。

「気付かれたか」

　駕籠は坂に向かって曲がったので、追っていた者はしめたと思った。

「馬鹿め、その先は地獄だ」

　そう言って走り、辻を曲がった曲者は、目を疑った。いるはずの駕籠が消えているのだ。

　曲者は刀の鯉口を切り、抜刀して追う。坂の上を左に曲がったところには、仲間がいるはず。そう思って駆け上がると、駕籠だけが置かれていた。

　前から足音がする。真っ暗で何も見えない。

「おい」

　たまらず声を発した。

「矢田部《やたべ》殿か」

　仲間の声に、矢田部は覆面を取った。

「そうだ、わたしだ」

捨てられた駕籠に、八人の仲間が集まった。

「どうなっている」

矢田部の問いに、仲間から悔しがる声があがった。

「こっちには来ていない。見ていなかったのか」

「見ていた。確かに坂をのぼったのだ」

矢田部は焦り、周囲を見回した。あるのは寺の山門と、大名屋敷の高い壁だけだ。

みなは自然に、寺の山門に集まった。

「ここしか逃げ場はない」

仲間の一人が言い、無言で賛同した者たちが抜刀した。

「またも寺に逃げたか」

仲間の声に、矢田部が鼻先で笑う。

「これも読みのうちだ」

刀の柄頭で門扉を打つ。すると、閂を外す音がして、扉が内側へ開けられ、潜入していた仲間が現れた。

仲間の落ち着いた様子に、矢田部は目を見張った。

「ここに来ていないのか」

「来ていない」

仲間は首を横に振る。

「そんな馬鹿なことがあるか。ここは一本道だ。逃げ場はない。殿はどこに消えたのだ」

「まさか……」

仲間が、大名屋敷の漆喰壁を見上げた。

「そこで何をしている！」

信平の屋敷の方角にある辻番から大声がした。

みなが顔を向ける。

ちょうちんの明かりが一つ二つと増えていき、番人たちがこちらに来るのが遠目で分かった。

「矢田部殿、まずいぞ」

仲間に言われて、矢田部は舌打ちをする。

「ええい、仕方ない。引け」

仲間たちが坂を駆け下りた。

矢田部は、大名屋敷の漆喰壁を見上げて、悔しそうな顔で走り去った。

漆喰壁の瓦屋根から顔をのぞかせたのは、黒装束をまとったお初だ。曲者が去り、辻番の役人が追って行くのを見届けると、道に飛び降り、漆喰壁に向かって手を伸ばした。

貼り付けていた白い布をはぎ取り、現れた潜り戸をたたく。

引き開けられた潜り戸の中から鈴蔵が現れ、駕籠かきの四人に続いて、信平と秀里が出た。

鈴蔵が駕籠かきの労をねぎらう。

「すまぬが、このまま屋敷まで頼む」

「へい」

信平は、秀里と共に駕籠に収まり、鈴蔵とお初に守られて帰途へついた。

駕籠が辻番の前を通り過ぎると、三辻《みつじ》の暗闇から、編み笠をつけた侍が歩み出た。

笠の端を持ち上げ、遠ざかる駕籠を見届ける曲者の唇には、悔しさがにじんでいる。

辻番の番人たちが坂をのぼって戻り、道に明かりが差した。

曲者は辻から下がり、暗闇の道を走り去った。

六

　赤坂の屋敷に帰った秀里は、信平の部屋に入り、まだ描きかけの襖絵の前に座った。

　信平は汗を拭き、着替えをすませて部屋に入った。絵を見つめる秀里の横顔を見て、こころが別のところにあるのが分かった。

「矢田部という名に、覚えがおありか」

　秀里は信平を見ずに、顔をうつむけた。正座した膝をつかむ手には、力が込められているようだ。

「秀里殿」

「ちと、色彩が薄い」

　秀里はやおら筆を取り、絵に手を加えた。

　信平の問いが耳に入っていないかのごとく、秀里は黙々と絵に向き合った。

　気持ちを察した信平は、黙って部屋から出ると、松姫と福千代がいる奥御殿へ渡った。

松姫の部屋に近づくと、ほのかな香の匂いがする。

嗅ぐとぐっすり眠れるのだと、松姫が言っていたのを思い出す。秀里と出かけたことを、心配しているに違いない。

「松、今戻った」

声をかけて外障子を開けた信平は、起きて待っていた妻のそばに歩みを進め、手を差し伸べた。

松姫は安心した顔で、信平の手をそっとにぎる。

「休もうか」

「はい」

愛する妻と共に寝所に入った信平は、しばし横になった。

どれほどの時が過ぎただろうか。ふと目を覚ました信平は、横で眠る松姫の顔を見ながら起き上がり、静かに寝所から出た。

中奥御殿に渡り、自分の部屋に行ってみると、秀里はまだ、襖絵を描いていた。廊下には、鈴蔵が控えている。

「麿が代わろう。下がって休め」

「いえ」

「よいから下がれ」

「はは」

部屋に戻る鈴蔵を見送り、信平は部屋に入った。

顔を向けた秀里が、苦笑いをする。

「信平殿も休まれよ。余は喜代の膝枕でぐっすり眠っておったゆえ、目がさえておるのだ。この分だと、兄上が江戸に来られる前に仕上がりそうじゃ」

絵に眼差しを向けた信平は、美しさに目を見張る。

「絵の中の地面が、蠟燭の明かりに輝いている」

「善衛門殿が金箔《きんぱく》を用意しておられたおかげで、我ながら、雅なことができた。奥方も喜んでくださるかな」

「美しさに驚きましょう」

満足そうな顔で絵に向いた秀里は、思い出したように筆を止め、視線を下げて息を吐いた。

「矢田部のことだが、あれは、江戸家老の青木と共に余の味方をしてくれていた者だ。江戸家老も、余を見限った。まあ、兄上が乗り込んでくるのだ。放蕩三昧の余から慌てて鞍替《くらが》えするのも、分かる気がする」

秀里が哀れに思え、信平は、かける言葉が見つからなかった。

「信平殿、そのような顔をされるな。身から出た錆《さび》じゃ」

秀里は笑ったが、目は寂しそうだ。

酒を飲みたいのではないかと思った信平は、台所に行った。

手燭の明かりを頼りに盃を見つけ出し、酒の徳利と片手に持って部屋に戻ると、秀里が喜んだ。

互いに盃を満たしあい、かかげて口に運ぶ。

「旨い酒だ。気になっていたのだが、伏見の酒か」

「はい」

「やはりそうか。どうりで旨いはずだ」

秀里が盃を差し出すので、信平は徳利を取り、満たした。

一口なめた秀里が、神妙な顔をする。

「余は決めた。御公儀に隠居を願い出る。それまで泊めてもらえぬか」

「御老中は許されぬかと」

「願い出てみなければ分かるまい。余の放蕩ぶりに機嫌を悪くしておられる今こそ、好機やもしれぬ。まさか、改易まではされまいと思うが、甘いか」

「麿には予測がつきませぬ。隠居を願う理由次第ではないかと」

「藩主が家臣に殺されるほうが、御家にとってはよほど悪い。御公儀の耳に入れば、即刻潰される。そう思わぬか」

信平はうなずいた。

「行謙殿は、秀里殿を暗殺すれば御公儀に疑われると思われぬのでしょうか」

「本来の兄は、それが分からぬお人ではない。放蕩者と揶揄されていた余が領民に慕われたのが、よほど気に入らないのだ。怒りで目が曇っているとしか思えぬ」

信平は、もう一度訊いてみることにした。

「秀里殿、貴殿がこれまで遊び暮らしてこられたのは、行謙殿に遠りょされていたからで、己を偽られている。違いますか」

「…………」

秀里は、黙って信平の目を見た。そのとおりだ、というのが顔に出ている。

信平は言う。

「昨年の洪水時に、行謙殿は秀里殿の真の姿を見られ、藩主になれぬと絶望され、お命を狙うという暴挙に出られたのでしょうか」

「そうとしか思えぬ。遊び人だった余が出しゃばったのが、悪かったのだ。先にも申したが、藩のためには、兄上が藩主になられるのがよいと思うている。隠居を許してもらうまでは、殺されるわけにはいかぬのだ」

「どうしても、行謙殿に譲りたいと」

秀里は、信平の目を見てうなずいた。強い決意を感じる。彼なりに、藩の行く末を心配しているのが伝わってくる。

力になりたいと思う信平の脳裏に、御家騒動に巻き込まれてはいけないという、善衛門の声が響く。

どうするべきか、信平は悩んだ。

信平の気持ちを察したのか、秀里が酒をすすめた。

「隠居の許しを得る方法は、兄上が来る前に考え出す。この絵が仕上がる頃には、妙案を思いつくはずじゃ」

今夜はこれで休もうというので、信平は盃を交わして、寝所に戻った。

七

屋敷がにわかに騒がしくなったのは、翌日の昼前だ。

奥御殿の庭で遊ぶ福千代と仙太郎のことを見ていた信平は、殿、殿、と言って廊下を急ぐ善衛門に顔を向けた。

「いかがした」

そばに来た善衛門が、松姫に遠りょがちの顔で顎を引き、信平に耳打ちをする。

「さようか。参ろう」

信平は、松姫に顔を向ける。

「客が来たので表に行く。福千代を来させぬよう頼む」

「承知しました」

心配そうな顔をする松姫に、だいじない、と笑顔で言った信平は、善衛門と表御殿に向かった。

中奥御殿の廊下で待っていた秀里が、青い顔をして歩み寄る。

「信平殿、兄上の使いが来た」

信平はうなずく。

「行謙殿が、上屋敷に入られたと聞きましたが」

秀里は焦っていた。

「そのようだ。江坂が申した日より九日も早い。騙し討ちをされた気分じゃ。余はここで殺されるのか」

「落ち着いて」

「しかし、相手は兄上が差し向けた者じゃ。剣の遣い手に決まっておる。隙を見てばっさり、ということになりはしないだろうか」

「麿がそのようなことはさせませぬ。藩主らしく、堂々とお会いになるのがよいかと」

「必ず守ってくれ。頼む」

「お任せを」

信平は、秀里を促して表御殿に行き、書院の間に入った。

侍が三人待っていた。紋付袴姿で目つきが鋭く、秀里の言うとおり、三人とも剣の遣い手と察する。

そのうちの一人が、信平を見て居住まいを正す。

「お初にお目にかかります。あるじ行謙様の命を受けて参りました、曾根田《そねだ》と申します。このたびは、藩主伊予守様がご迷惑をおかけしました」

「いや」

信平が応じると、横にいる秀里が言う。

「兄上が江戸に来られるのは来月と聞いておる。騙したのか」

するると曾根田が、厳しい顔を向ける。

「敵に動きを読まれぬための策にございます。これも兵法と、覚えておいてくださされ」

「そちは、兄上の軍師か」

曾根田は答えないが、自信に満ちた顔からは、容易に推測できる。

秀里は、悲壮な顔をする。

「やはり兄上は、余の命を取りに来られたか」

「行謙様がお待ちです。拙者と共にお戻りください」

曾根田は有無を言わせぬ威圧がある。

秀里は、声を震わせた。

「余は、帰らぬ。藩主の座は兄上に譲るゆえ、さよう申し伝えよ」

曾根田の顔つきが一層険しくなった。

「従わぬと申されるなら、腕ずくでお連れいたす」

二人の家来が立ち上がった。

廊下に控えていた佐吉と頼母があいだに立ち、家来と対峙する。

秀里が言う。

「信平殿の同道を許されるなら、帰る」

曾根田は、ふうっと、息を吐いた。

「承知いたしました」

「信平殿、頼む」

立ち上がる秀里に、佐吉と頼母が振り向く。佐吉は片眉を上げて口をゆがめ、頼母は怒りの眼差しを浴びせている。

善衛門が口をむにむにとやる。

「何を勝手なことを申される。殿は行きませぬぞ」

「いや、参ろう」

涼しい顔で言う信平に、善衛門が何度も首を横に振る。

「殿、なりませぬ。大名家の骨肉の争いに巻き込まれます。これまで二度も襲われたのですから、血を見るのは明らか。そのようなところに、一人で行かせるわけには参りませぬぞ」

「では、そなたも参ろう」

すると善衛門が立ち上がった。

「そういうことならよろしい」

信平はうなずき、視線を転じる。

「佐吉も、頼母もよいな」

「はは」

二人が声を揃えると、信平は立ち上がり、曾根田に言う。

「家来も同道するが、よろしいな」

「むろんにございます」

真顔で応じた曾根田が立ち上がり、家来を促し、先に書院の間から出た。

秀里が信平に向き、悲しそうな顔をする。

「絵を、仕上げられぬやもしれぬ」

「それは困ります。仕上げていただきとうございます」

「信平殿……」

「さ、参りましょう」

鈴蔵が狐丸を持って現れたので、信平は腰に帯び、表に出た。

曾根田たちに続いて道を歩み、同じ赤坂にある能勢藩上屋敷の表門に到着すると、
秀里を見た門番が、すぐに門扉を開けた。

待っていた藩士たちが出迎えに現れ、左右に分かれて並び、頭を下げた。

秀里が信平に、決して油断されるな、と、小声で告げる。

うなずいた信平は、佐吉たちと御殿の玄関へ行く。

整列する藩士たちの中に江坂の姿があったが、青白い顔をしている。

秀里が歩み寄り、どうなっておる、と、小声で訊いたが、江坂は答えず、顔を見ようともしない。

江坂は行謙に遠りょしているのだろうか。

信平はそう思った。秀里も同じように感じたらしく、肩を落としている。

玄関の正面で待っていた壮年の男が、白い狩衣姿の信平に歩み寄る。

「江戸家老の青木でございます。このたびは、殿がとんだご迷惑をおかけしました」

「よい」

「ご無礼ながら、これは身内の揉《も》め事《ごと》でございますので、鷹司様のお手をわずらわせるまでもないかと存じます。どうか、お引き取りを」

秀里が焦りの声をあげた。

「余が来てくれと頼んだのじゃ。兄上の軍師殿も承知しておる」

青木は曾根田をちらりと見て、

「さようでございましたか」

消沈した声で信平に言うと、頭を下げ、どうぞお入りくださいと言った。

信平は、善衛門と佐吉たちと玄関に入り、青木の案内で表御殿の大広間に入った。

上座の装飾は美しく、黒松の襖絵も見事だ。行謙のために換えたのか、新しい畳の匂いがする。

信平たちに少し遅れて入った藩士たちが、上座に向いて並んで座った。誰一人として言葉を発する者はおらず、大広間はたちまち、重苦しい空気に包まれる。

信平は上段の間に招かれ、藩士たちに向かって座る秀里のそばに着いた。行謙らしき者の姿はどこにもない。

大広間を見回した秀里が、戦支度をして、青木に訊く。

「兄上はいかがした。隣の部屋におられまいな」

「まさか、そのようなことは」

青木はちらりと信平を見て、渋い顔をうつむける。

その青木に、秀里が追い打ちをかけた。

「矢田部もおらぬ。青木、余を襲った矢田部もおらぬではないか」

「そのことは、行謙様からお話が……」

「待て」秀里が不安そうな顔を家臣たちに向ける。「曾根田は、兄上の軍師はどこへ行った」

動揺する秀里に、青木が膝を進める。

「殿、落ち着きなされ」

「黙れ、お前も余を裏切っておろう」

「ありえませぬ。それがしは、何があろうと殿のお味方」

「余を襲った矢田部は、お前の側近ではないか。よくもぬけぬけと」

秀里は、悔しげな顔を信平に向けた。

「信平殿、様子が変だ。やはり罠《わな》だ」

応じた信平が、狐丸を取って立とうとした時、

「待たれよ」

廊下で声がした。

信平が眼差しを向けると、黒い法衣《ほうえ》をまとった三十代の男が現れた。

「兄上」

怯える秀里に、行謙は厳しい目を向ける。

その後ろには、曾根田に捕らえられた者がいる。

秀里が声をあげた。

「矢田部……」

どうなっているのだ、と言って立ちすくむ秀里に、行謙が歩み寄る。そして、秀里を抱きしめた。

「生きていてよかった。よかった」

涙声の行謙に、秀里は困惑するばかりだ。

「兄上、何がどうなっているのです」

「お前を裏切り、暗殺する動きがあるとの報せが密偵から届いたのだ。わたしは、身の回りに気をつけるよう文を送り続けたが、密偵とのつなぎが途絶えた。その後も使いを走らせ続け、確かに藩邸に届けたと言うが、お前からはまったく返事がない。ゆえに、いてもたってもいられなくなり、こうして江戸に参ったのだ。捕らえたこの矢田部は、わたしが来るとまずいのであろう。旅の装束を解いている時に襲ってきよったのだ」

秀里は、青木を睨んだ。

「貴様の指図か」

「断じて、そのようなことはございませぬ」

「家老の申すとおりだ。矢田部を刺客に使っていた者は、他におる」

「誰です」

「分からぬのか、秀里。日頃お前に外からの書状を届けているのは誰だ」

秀里ははっとして、その者に顔を向けた。

「お前なのか……」

秀里の悲しい眼差しをさけ、藩士たちが身をよじって場をあける。その先にいたのは、江坂だ。

江坂は膝に置いた両手で袴をにぎりしめ、苦渋の顔で、額に汗を浮かべている。

「なぜだ、江坂。なぜ余を裏切った！」

「殿のせいです」

「何！」

江坂が秀里を睨んだ。

「いくらお諫《いさ》めしても、殿が放蕩三昧をおやめくださらないからです。わたしも、矢田部も仲間たちもみな、藩の未来を悲観しておりました。このままでは御公儀に咎《とが》められ、御家が潰されると思ったのです。我らは、先祖代々青野家にお仕えして参りました。君主のためならいつでも命を捨てる覚悟を植え付けられております。されど、遊び暮らす殿のために命を捨てられませぬ。御家を守るためには、殿に死んでいただくしかない。同志のあいだで、そういうことになったのです」

何も言えなくなっている秀里を下がらせ、行謙がみなの前に立った。

「ここにおる者は、秀里の真の姿を分かっておらぬようだな」

青木が、意外そうな顔をした。

「それは、どういうことでしょうか」

「昨年の洪水のあと、わたしと秀里がもめたことを知る者は、ここにはおらぬのか。江戸家老のそちは、どうなのだ」

「むろん知っております。参勤交代のお供をした者も何人か知っておりますが、家中が二つに割れることを恐れられた殿が口止めをされましたので、ほとんど伝わっておりませぬ」

「では、秀里を亡き者にしようとした者は知らぬのだな」

行謙に目を向けられ、江坂は顎を引いた。

ため息を吐いた行謙が、ならば教えてやろう、と、声を大にした。

「この秀里は、わたしなど到底及ばぬ器の持ち主だ。青野家に必要なのは、領民に慕われる秀里であって、わたしではない。はっきり言うておく。わたしは藩主になるつもりはない。弟は、いや、秀里侯は、先に生まれただけの兄につまらぬ遠りょをして、爪を隠しておるだけだ。昨年の大洪水のあと、秀里侯の差配によって領地は見事に立ち直り、そのおかげで、今年は近年にない豊作であった。領民はみな喜び、秀里侯に感謝しておる。よいかみなの者。今日から一枚岩となって、この名君を支えてやってくれ」

一同が声を揃えて応じる中、矢田部はうなだれている。江坂は己の浅はかさを呪ったのか、目を充血させて震え、脇差を抜いた。

自ら腹を刺そうとした江坂の額に、信平が投げた扇が当たった。

一瞬ひるんだ隙に飛び付いたのは、秀里だ。

「死んでお詫《わ》びを……」

「この、大馬鹿者！」

脇差を奪った秀里が、江坂の両肩をつかむ。

「詫びるのは、余のほうじゃ。兄上のおっしゃるとおりだ。余は遠りょしていた。だが、たった今、目が覚めた。この騒動はすべて、余が招いたことじゃ。これからは、兄上と力を合わせて参るゆえ、余の力になってくれ」

「殿……」

「誰も、死んではならぬ！」

廊下で捕らえられている矢田部たちに向かって言うと、みな顔をゆがめ、涙を流して詫びた。

成り行きを見守っていた信平は、善衛門と目を合わせてうなずき、立ち上がる。

「では、麿はこれで失礼する」

「信平殿、かたじけない」

行謙と並んで頭を下げた秀里に、信平は言う。

「描きかけは、許しませぬぞ」

秀里は顔を上げ、笑顔でうなずいた。


月が変わった、ある日。

秀里の姿は、信平の部屋にある。

口に筆をくわえ、らんらんと輝かせた目を向けているのは、襖の絵だ。

右手に持たれた筆先が、ゆっくりと、襖から離された。

秀里は筆を置き、口の筆を取ると、静かに息を吐いた。

「できた」

この一言を待ちわびていた善衛門が、信平の背後に歩み寄ると、息を飲む。

秀里が、信平に膝を転じた。

「気に入っていただけたか」

「見事です。妻も喜びましょう」

「うむ」

秀里が描いたのは、信平が生まれ育った京の風景だった。

襖八枚にいたる大作は、禁裏の様子や、町中をゆく牛車、鴨川《かもがわ》もあれば、南禅寺の三門を見ることもできる。

秀里と並んで景色を眺めていると、松姫とお初が部屋に入り、二人の前に酒肴を整えてくれた。

「松、いかがじゃ」

信平が訊くと、松姫は、お初と共に襖から離れたところに下がり、ため息を吐いた。

「雅で、美しい景色でございます。これが、京なのですね。叶うものなら、この目で見てみとうなりました」

秀里が笑みを向ける。

「それはよい。年をめされて信平殿が隠居された時は、お二人でゆっくり旅をされるがよい」

松姫は、はい、と明るく応じて頭を下げ、お初と共に部屋から出て行った。

信平の酌を受けた秀里が、一口喉を潤して言う。

「兄上は、余の求めに応じてくれず、修行の旅に出てしまわれた」

信平がうなずく。

「江戸に参られた時には、僧の道に生きると決めておられたのやもしれませぬ」

「信平殿の言うとおりだ。曾根田という置き土産までされた」

「それは、心強いことではないですか」

秀里が声音を下げた。

「これが困る。口うるさくてかなわんのだ。信平殿の絵を描き終えてしもうたから、明日からどうやって出ようかと思っている」

「聞こえておりますぞ」

廊下で声がした。佐吉と並び、こちらに背を向けて座っている曾根田が振り向こうとしたが、

「まあまあ」

と言って酒をすすめる佐吉に、困惑した顔を向ける。

「かたじけない」

素直に盃を口に運ぶ曾根田に、信平と秀里は笑みを交わした。

秀里は襖絵に顔を向け、目を細めた。

「兄上は、無事京に着かれたであろうか」

「便りがございましょう」

信平はそう言って、襖絵を眺めた。

南禅寺の三門に目を向けると、潜ろうとしている一人の僧の姿が描き足されていた。

本書は講談社文庫のために書下ろされました。

|著者|佐々木裕一　1967年広島県生まれ、広島県在住。2010年に時代小説デビュー。「公家武者　松平信平」シリーズ、「浪人若さま新見左近」シリーズのほか、「あきんど百譚」シリーズ、「佐之介ぶらり道中」シリーズ、「若旦那隠密」シリーズ、「若返り同心 如月源十郎」シリーズなど、痛快な面白さのエンタテインメント時代小説を次々に発表している人気時代作家。本作は公家武者・松平信平を主人公とする、講談社文庫からの新シリーズ、第1弾。

公家武者《くげむしゃ》 信平《のぶひら》 消《き》えた狐丸《きつねまる》
佐々木裕一《ささきゆういち》

講談社文庫
定価はカバーに
表示してあります

2017年10月13日第1刷発行

発行者——鈴木　哲
発行所——株式会社　講談社
東京都文京区音羽2-12-21　〒112-8001
電話　出版　(03) 5395-3510
　　　販売　(03) 5395-5817
　　　業務　(03) 5395-3615

Printed in Japan

デザイン—菊地信義
本文データ制作—講談社デジタル製作
印刷———中央精版印刷株式会社
製本———中央精版印刷株式会社

ISBN978-4-06-293754-2

講談社文庫刊行の辞

二十一世紀の到来を目睫に望みながら、われわれはいま、人類史上かつて例を見ない巨大な転換期をむかえようとしている。

世界も、日本も、激動の予兆に対する期待とおののきを内に蔵して、未知の時代に歩み入ろうとしている。このときにあたり、創業の人野間清治の「ナショナル・エデュケイター」への志を現代に甦らせようと意図して、われわれはここに古今の文芸作品はいうまでもなく、ひろく人文・社会・自然の諸科学から東西の名著を網羅する、新しい綜合文庫の発刊を決意した。

激動の転換期はまた断絶の時代である。われわれは戦後二十五年間の出版文化のありかたへの深い反省をこめて、この断絶の時代にあえて人間的な持続を求めようとする。いたずらに浮薄な商業主義のあだ花を追い求めることなく、長期にわたって良書に生命をあたえようとつとめるところにしか、今後の出版文化の真の繁栄はあり得ないと信じるからである。

同時にわれわれはこの綜合文庫の刊行を通じて、人文・社会・自然の諸科学が、結局人間の学にほかならないことを立証しようと願っている。かつて知識とは、「汝自身を知る」ことにつきていた。現代社会の瑣末な情報の氾濫のなかから、力強い知識の源泉を掘り起し、技術文明のただなかに、生きた人間の姿を復活させること。それこそわれわれの切なる希求である。

われわれは権威に盲従せず、俗流に媚びることなく、渾然一体となって日本の「草の根」をかたちづくる若く新しい世代の人々に、心をこめてこの新しい綜合文庫をおくり届けたい。それは知識の泉であるとともに感受性のふるさとであり、もっとも有機的に組織され、社会に開かれた万人のための大学をめざしている。大方の支援と協力を衷心より切望してやまない。

一九七一年七月

野間省一

講談社文庫 最新刊

松岡圭祐　**生きている理由**
史実の『はいからさんが通る』は謎多し。男装の麗人、川島芳子はなぜ男になったのか？

青柳碧人　**浜村渚の計算ノート 8さつめ**〈虚数じかけの夏みかん〉
街中に隠されたヒントを探す謎解きイベントで、渚を待ち受けていた数学的大事件とは？

林　真理子　**正　妻**〈慶喜と美賀子〉(上)(下)
徳川幕府崩壊。迫り来る砲音に、妻は何を思い夫は何を決断したか。新たなる幕末小説の誕生！

佐々木裕一　**公家武者　信平《のぶひら》**〈消えた狐丸《きつねまる》〉
心の傷が癒えぬ松姫《まつひめ》に寄り添う信平。武家になった公家、松平信平が講談社文庫に登場！

西村京太郎　**沖縄から愛をこめて**
陸軍中野学校出身のスパイたちは、あの沖縄戦で何を見たのか？　歴史の闇に挑む渾身作！

綿矢りさ　**ウォーク・イン・クローゼット**
私たちは闘う、きれいな服で武装して。誰かのためじゃない服と人生、きっと見つかる物語。

我孫子武丸　新装版　**殺戮にいたる病**
永遠の愛を男は求めた。猟奇的連続殺人犯の魂の軌跡！　誰もが震撼する驚愕のラスト！

木内一裕　**不　愉　快　犯**
人気ミステリー作家の妻が行方不明に。殺人容疑で逮捕された作家の完全犯罪プランとは？

富樫倫太郎　**信長の二十四時間**
すべての人間が信長を怖れ、また討つ機会をうかがっていた。「本能寺の変」を描く傑作。

仁木　英之　**まほろばの王たち**
大化の改新から四年。物部《もののべ》の姫と役小角《えんのおづぬ》、古の神々の冒険が始まる。傑作ファンタジー！

梨　沙　**華《はな》鬼《おに》　2**
少女は知る、冷酷な鬼の心にひそむ圧倒的孤独を……。傑作学園伝奇、「鬼頭の生家」編。

講談社文芸文庫

多和田葉子

変身のためのオピウム／球形時間

解説＝阿部公彦　年譜＝谷口幸代

ローマ神話の女達と〝わたし〟の断章「変身のためのオピウム」。少年少女の日常が突然変貌をとげる「球形時間」。魔術的な散文で緻密に練り上げられた傑作二篇。

たAC4

978-4-06-290361-5

中野好夫

シェイクスピアの面白さ

解説＝河合祥一郎　年譜＝編集部

人間心理の裏の裏まで読み切った作劇から稀代の女王エリザベス一世の生い立ちと世相まで、シェイクスピアの謎に満ちた生涯と芝居の魅力を書き尽くした名随筆。

なC2

978-4-06-290362-2

講談社文庫　目録

講談社文庫　目録

講談社文庫　目録

周木　律　伽藍堂の殺人～Banach-Tarski Paradox～
下村敦史　闇に香る嘘
下村敦史　生　還　者
杉本苑子　孤愁の岸(上)(下)
杉浦日向子　新装版　東京イワシ頭
杉浦日向子　新装版　呑々草子
杉浦日向子　新装版　入浴の女王
鈴木光司　神々のプロムナード
杉本章子　お狂言師歌吉うきよ暦
杉本章子　大奥二人道成寺〈お狂言師歌吉うきよ暦〉
杉本章子　精《あき》姫《ひめ》様一条〈お狂言師歌吉うきよ暦〉
杉本章子　東京影同心
杉山文野　ダブルハッピネス
諏訪哲史　アサッテの人
諏訪哲史　ロンバルディア遠景
末浦広海　訣　別　の　森
末浦広海　捜　査　官
須藤靖貴　抱きしめたい
須藤靖貴　池波正太郎を歩く
須藤靖貴　どまんなか(1)
須藤靖貴　どまんなか(2)
須藤靖貴　どまんなか(3)
須藤靖貴　おれ、力士になる
鈴木仁志　司　法　占　領
須藤元気　レボリューション
菅野雪虫　天山の巫女《みこ》ソニン(1)　黄金の燕
菅野雪虫　天山の巫女《みこ》ソニン(2)　海の孔雀
菅野雪虫　天山の巫女《みこ》ソニン(3)　朱鳥《あけがらす》の星
菅野雪虫　天山の巫女《みこ》ソニン(4)　夢の白鷺
菅野雪虫　天山の巫女《みこ》ソニン(5)　大地の翼
鈴木大介　ギャングース・ファイル〈家のない少年たち〉
鈴木みき　日帰り登山のススメ〈あした、山へ行こう!〉
瀬戸内晴美　かの子撩乱
瀬戸内晴美　京まんだら(上)(下)
瀬戸内晴美　祇園女御(上)(下)
瀬戸内晴美　花　怨
瀬戸内晴美　蜜　と　毒
瀬戸内寂聴　新寂庵説法　愛なくば
瀬戸内寂聴　人が好き［私の履歴書］
瀬戸内寂聴　白　道
瀬戸内寂聴　寂聴相談室　人生道しるべ
瀬戸内寂聴　花　芯
瀬戸内寂聴　瀬戸内寂聴の源氏物語
瀬戸内寂聴　愛する能力
瀬戸内寂聴　藤　壺
瀬戸内寂聴　生きることは愛すること
瀬戸内寂聴　寂聴と読む源氏物語
瀬戸内寂聴　月の輪草子
瀬戸内寂聴　新装版　寂庵説法
瀬戸内寂聴・訳　源氏物語　巻《まき》一《いち》
瀬戸内寂聴・訳　源氏物語　巻《まき》二《に》
瀬戸内寂聴・訳　源氏物語　巻《まき》三《さん》
瀬戸内寂聴・訳　源氏物語　巻《まき》四《し》
瀬戸内寂聴・訳　源氏物語　巻《まき》五《ご》
瀬戸内寂聴・訳　源氏物語　巻《まき》六《ろく》
瀬戸内寂聴・訳　源氏物語　巻《まき》七《しち》
瀬戸内寂聴・訳　源氏物語　巻《まき》八《はち》

2017年10月15日現在